孙子

SUN ZI

马晓康 著

山东教育出版社

图书在版编目（CIP）数据

孙子 / 马晓康著 . — 济南：山东教育出版社，
2019.9（2021.11 重印）
ISBN 978-7-5701-0784-1

Ⅰ．①孙… Ⅱ．①马… Ⅲ．①叙事诗－中国－当代
Ⅳ．① I227.3

中国版本图书馆 CIP 数据核字（2019）第 202650 号

SUNZI

孙子

马晓康　著

主管单位：山东出版传媒股份有限公司
出版发行：山东教育出版社
　　　　　地址：济南市市中区二环南路 2066 号 4 区 1 号　邮编：250003
　　　　　电话：15098906362　　网址：www.sjs.com.cn
印　　刷：山东新华印务有限公司
版　　次：2019 年 9 月第 1 版
印　　次：2021 年 11 月第 2 次印刷
开　　本：880 毫米×1240 毫米　1/32
印　　张：7
印　　数：4001-6000
字　　数：150 千
定　　价：30.00 元

（如印装质量有问题，请与印刷厂联系调换）印厂电话：0538-6119313

［明］孙武画像

目 录

开篇

理国无难似理兵，

兵家法令贵遵行。

行刑不避君王宠，

一笑随刀八阵成。

——［唐］周昙《春秋战国门·孙武》

序

谁能在历史中长久地闪耀？

将一切都说得斩钉截铁

写在竹简上的是兵书

而墨迹的背后有无尽的战场

掌握真理的定律，却不能让天道逆转

活在青史中的身影，皆独自前行

"春秋无义战"——

为了早日结束无谓的战争

他不得不，让自己融入其中！

家族起源：田氏

[时间轴]

《史记·陈杞世家》载："宣公后有嬖姬生子款，欲立之，乃杀其太子御寇。御寇素爱厉公子完，完惧祸及己，乃奔齐。齐桓公欲使陈完为卿，完曰：'羁旅之臣，幸得免负檐，君之惠也，不敢当高位。' 桓公使为工正。齐懿仲欲妻陈敬仲，卜之，占曰：'是谓凤皇于飞，和鸣锵锵。有妫之后，将育于姜。五世其昌，并于正卿。八世之后，莫之与京。'"

齐桓公十四年（公元前672年），陈宣公二十一年，陈国太子御寇被杀后，其好友公子陈完担心祸及己身，于是携带家眷投奔到了齐国避祸。

[诗外音]

礼崩乐坏的时代刚刚开始

古老的东方上演着君位争夺的闹剧

陈国开启了田氏代齐的序章

楚王的弟弟在隋国成长为一代雄主

晋国覆灭了骊戎，却逃不掉骊姬倾晋的惨剧

东方的诸侯们，纷纷倒在追逐霸业的路上

而在遥远的希腊，斯巴达人仍在研究步兵方阵

双排的桨船还不足以支撑他们在大海尽头的梦想

那令人着迷的历史，充满让人扼腕的悲壮

流离在黄土滩头上的白色长袍和古琴

将文人士子的浪漫汇聚成河流

每个活着的人都幻想开创一个太平盛世

他们有太多话想说，太多胸中的块垒要抒发！

可历史早已安排好了他们的出场与台词——

那令人怀念的歌谣，仿佛夕阳西下

从观卦到否卦的瞬间，是不是就写好了这曲折的故事？

太史儋，是否早在西周，便看清了春秋的命运？

卜卦里的主角，需要一个陈姓的人来担任①

他的祖先是周王的陶正②

他将用尽几代人的手艺，将历史在轮回里打磨出光芒

在命运的节点频频闪亮，一个新家族就这样诞生了

千年后，人们将陶瓷与中华，统称为"China"

贵族的家族史，没有太多荣耀

仇恨与血腥成了编织故事的物料

叔侄父兄之间的仇杀，锁定在历史的枢纽中

一切悲剧都是未来的必要注脚

自大禹治水以后，坐在王位上的人都成了权力的奴隶

不断被分封的天下，真正善终的又有几人？

身为贵族，历史所给予的地位和无奈同样多

太多欲加之罪，甚至懒得用笔墨修辞

看透了宫室里的尔虞我诈，不如实实在在做一回人

家族，只是一个貌似强大的皮囊

谁又知道每个日子里充斥着多少算计！

让他们杀吧！让他们去怀疑吧！

那被一草一木填充的疆土里，全是猜忌！

可怜的陈完，带着家眷到齐国避祸

殊不知，这恰恰是历史真正的开始！

（涅槃的凤凰有了栖息之地

繁衍的后代在百鸟和鸣中成长

姜姓之国是他们命中的家园

最终的归宿

五代后的子孙位及正卿

八代后的子孙，已蔚为大观）③

拒绝公卿之位，选择平淡地度过一生

与工匠为伍，打造器具也打造家族的蓝图

姓氏的改变，不仅仅是为了避难

此后谱写的是一段不平凡的征途

黄河一路向东
夹杂在支流里的雄心滚滚滔滔
无数个寂静的日子，蕴含着未来的轰鸣！

时间会让人们遗忘许多事物
一代代后人却记住了卜辞的预言
面对不断繁衍的强大家族
谁听不到野心强力的跳动呢？
这卜辞就像一道咒语
在一代又一代人身上膨胀
田氏，这把齐国最强大的剑刃
暗弱的姜姓吕氏已渐渐挥舞不动了！

注：

①田完，是陈国陈厉公妫跃的儿子，最早叫陈完。陈完出生之后，他的父亲陈厉公请当时著名的太史儋为他预卜未来。卜辞显示说这个孩子的后代将成为某个国家的主人，但这个国家必定不是陈国而是其他国家，并且这个卜辞不会应验在他本人身上，而是应验在他的子孙身上。那个可以应验的国家，必定是姜姓之国。按照天地循环的规律，事物有强有弱，陈国衰弱之后，以陈完为始祖的这一支族人将要昌盛起来！该卜辞也是后来

著名的"田氏代齐"的预言。

②田完的先祖虞阏父曾为周朝的陶正。

③这里指田完的后代子孙田常，史称田成子，也称陈恒。他曾选齐国女子身高七尺以上者为姬妾，后宫以百数，而不禁宾客舍人出入后宫。在田恒死的时候，有七十个儿子，以此确立了田氏贵族夺取齐国政权的资本。以《史记》中的记载推算，田常为田乞之子，田无宇之孙，为田完的第八世子孙。但按照《新唐书》的记载推算，田常则是田无宇之子，为第五世子孙。

家族起源：孙氏

[时间轴]

《新唐书·宰相世系表·三下》载："齐田完，字敬仲。四世孙桓子无宇。无宇二子：恒、书。书字子占，齐大夫，伐莒有功，景公赐姓孙氏，食采于乐安。生凭，字起宗，齐卿。凭生武，字长卿。"

《左传·昭公十九年》载："秋，齐高发帅师伐莒。莒子奔纪鄣。使孙书伐之。"

公元前521年，田书伐莒有功，齐景公封乐安（今山东广饶县），赐姓孙氏。孙书（田书）便是孙武的祖父，孙书生凭，凭生孙武。

[诗外音]

孔子正在前往洛阳的路上

马车碾过的车辙和他的学说一样新鲜

他要去向老子请教礼制

赶在他骑青牛出走之前

老子刚刚成为史官，守着王室的藏书

一些零星的躁动在文明的版图上流窜
东方的几个小国偶有动作
西方的波斯帝国已显现雏形

1

一家人分成两个姓
总会觉得多了些隔阂
这是君王赏赐的姓氏
是一个家族与另一个家族的分立
所谓的血脉，其实也就这么断了
不过是庙堂上还供着同一个祖宗罢了
再过几代，便可以光明正大地成为仇人！

（哈！这道貌岸然的氏族们！
每日都觊觎着齐王的宝座，难道心里不痒吗？
崔杼弑其君，与庆封坐齐王权位之实
那些被屠刀架在脖子上的大臣们只会哭哭啼啼
还不如那小个子的晏婴，敢披麻戴孝地痛斥这暴行
哈！这道貌岸然的氏族们！
又在算计着借刀杀人、出奇制胜的诡计吧！）

那正直书写的史官接二连三被杀
强大的氏族们默不作声

五尺晏婴质问崔庆二人时[1]

强大的氏族们仍是装聋作哑

他们在盘算着最佳时机

一面笼络人心，一面在代价和权势之间权衡

至于那些惨死的无辜性命，与他们毫无干系

他们所要的民心，不过是用来打磨手中武器的砂石

披着齐国这张庞大富强的皮

氏族们在这场乱世的赌局里轮流坐庄

四族驱逐庆封，其实庆氏何尝不是姜氏的分支[2]

持续数十年的争斗，多少无辜的人惨死

因为一个姓氏，从出生便卷入争斗的旋涡

觊觎权力的人太多了

但大多数只是做了一场空梦

可谁肯承认自己是失败的那一位呢？

氏族，这个庞大的筹码

亲情与血脉只是势力的附庸

赶走了庆封，便是四大家族的乱斗

谁能独善其身呢？

不如到莒国去作战，去建功立业，开辟一个新的族群

战功，不过是给朝堂的奏章

从妫姓到陈姓，到田姓，直至孙姓

累积的硕果足以轰动历史

关于长卿③，是祖辈美好的期盼

可面对混沌的日月，谁还愿意飞上高空？

想做六卿之长吗？那应该辅佐哪一位君王？

或是看透这世间阴阳，去做一位缥缈的神仙？

如果是药材，那请让我生在向阳的山坡上

饱含苦味，只等待懂它的人

学会足够的忍耐，去治疗人世间的隐痛

注：

　　①传说晏子身高五尺，周朝一尺为十九点九厘米左右，晏子的身高约合一米。

　　②春秋时，齐桓公（姜姓）有个孙子叫公孙庆克，他的儿子庆封以父名命氏，称为庆氏。庆封在齐灵公时任大夫，在庄公时与崔杼曾为上卿，执掌国政。

　　③长卿，又名徐长卿，是一种药材，耐热耐寒能力极强，有较好的祛风止痛止痒的作用。

2

一手刀兵一手诗赋

一手神话一手伦理

谁能将历史轻易地定义呢？

一部战争史，只是它许多面孔中的一个①

掀开那层血腥的面纱，它手捧着厚厚的哲学书

那推动历史车轮的轴心，在此刻形成②

寓言成为人们传颂历史的形式

那些扑朔迷离的故事主角们纷纷登上舞台

荒原上的野花纷纷盛开

一个又一个探索者思考命运和未来

他们尝试过百家争鸣的激烈③

也付出过多数人暴政的代价④

先驱者为后人们布局出口

在天空之外，他们将看到更多奥秘

而地上的人类从未停止过争斗——

那时的古城还未屈服于水泥和钢筋

泥块与砖瓦悄悄与时间达成妥协

沉没于尘土中的乐安，却永远屹立于历史⑤

每一个王朝或帝国，都带着一个毁灭的传说

无助的人们开始求助宗教

祈求神的恩赐、宽恕和庇佑

也有人正视着争斗的铁律

将这残酷的事实封印在文字里——

年轻的兵圣早就看透了这一切

他所想的，也是痛苦的质问的中心！

手脚不能互容的人该如何行走？
一个神合貌离的朝堂怎么可能称霸
（我的齐国是病入膏肓的巨人
再好的兵法也无法诠释人的私欲
再强大的国家也经不住内部的争斗）

（我的齐国，多么荒诞！
权力的旋涡从未放过任何人
百口莫辩！
姓氏成为一种罪过
在他们口中，过往的功绩成为罪过的帮凶
我的叔父，半生隐居半生戎马的叔父
他所挚爱的齐国却将他视为眼中钉[⑥]）

家族，有时是强大的庇护
有时却是极其凶险的深渊
嫡系与旁支
他们祭拜着同一位祖先
却在数代分裂后成为彼此的仇人

齐国早已不是那个开明的齐国
身为贵族的分支，怎么可能逃离这风浪
霹雳声声声震耳，飘摇的齐国早已喝醉
对权力贪婪的声音撒了一地

看着他们自顾自饮酒作乐

真正的齐国早已被忘却

霸业的遮羞布上早就积满了尘埃——

歌舞升平的临淄，有良将贤臣

却独独少一个拥有慧眼与格局的君王

人们看到景公的数千匹爱马

却少见他怜悯田间劳作的百姓

（这里不是能实现抱负的地方

歌舞和享乐不是我的选择

一生隐姓埋名亦非我的愿望

家族斗争是命运中无法逃避的插曲

既然如此，就让我到另一个地方重新来过吧！）

注：

①索耶博士曾说过"中国的历史就是一部战争史"。（摘录自《海外兵法研究者——梅维恒访谈录》，见《知中：孙子兵法指南书》，中信出版社 2016 年 7 月版。）

②公元前 800 至公元前 200 年之间，尤其是公元前 600 至前 300 年间，是人类文明的"轴心时代"。这一时期是人类文明精神的重大突破时期。在"轴心时代"里，处于北纬 30 度上下的人类各个文明都出现了伟大的精神导师——古希腊有苏格拉底、柏拉图、亚里士多德，以色列有犹太教的先知们，古印度有释迦牟尼，中

国有孔子、老子、孟子、孙子、墨子……他们提出的思想原则塑造了不同的文化传统，也一直影响后世的人类社会。

③百家争鸣是指春秋（前770—前476年）战国（前475—前221年）时期知识分子中不同学派的涌现及各家族流派之间争芳斗艳的局面。

④多数人暴政，又称暴民政治、多数人暴力、群体暴政。在本诗中暗喻"苏格拉底之死"。当雅典恢复奴隶主民主制后，苏格拉底因为被指控而以公民投票的方式被判处死刑。在学术界，最先提出"多数人暴政"的是法国人托克维尔。它是针对法国大革命教训所提出的一个概念，雅各宾派曾经以革命和人民的名义实行恐怖统治。托克维尔将这种以多数人名义行使的无限权力称为"多数人暴政"。

⑤乐安古城，地处今山东省东营市广饶县境内。根据周维衍、赵金炎、张宗舜、鲁明等数十位学者的考证，广饶县为孙武的出生地，同时也是齐国重要标志柏寝台所在地。《青州府志》载："乐安地以柏寝台徽之或当然也。"

⑥司马穰苴，本名田穰苴，与孙武属于不同分支，但都是田完的后代。他是继姜尚之后一位承上启下的著名军事家，曾率齐军击退晋、燕入侵之军，因功被封为大司马，子孙后世称司马氏。后因齐景公听信谗言，田穰苴被罢黜，未几抑郁而死。

　　这组雕塑展示的是孙武祖父田书接受
齐景公"赐姓孙氏"的场景。位于山东省
广饶县"中国孙子文化园"内的恩泽园。

始计第一

兵者，国之大事，死生之地，存亡之道，不可不察也。

——《孙子兵法·始计篇》

[时间轴]

《吴越春秋·阖闾内传》载:"三年,吴将欲伐楚,未行。伍子胥、白喜相谓曰:'吾等为王养士,画其策谋,有利于国,而王故伐楚。出其令,托而无兴师之意,奈何?'有顷,吴王问子胥、白喜曰:'寡人欲出兵于二子,何如?'子胥、白喜对曰:'臣愿用命。'吴王内计二子皆怨楚,深恐以兵往破灭而已。登台向南风而啸,有顷而叹,群臣莫有晓王意者。子胥深知王之不定,乃荐孙子于王。""孙子者,名武,吴人也,善为兵法。辟隐深居,世人莫知其能。胥乃明知鉴辩,知孙子可以折冲销敌,乃一旦与吴王论兵,七荐孙子。吴王曰:'子胥托言进士,欲以自纳。'"

公元前 512 年(吴王阖闾三年),伍子胥"七荐孙子",孙武以《兵法》十三篇见吴王,吴王大喜。从此,孙武正式踏上了历史的舞台。

[诗外音]

文明仿佛看见新世界的婴孩

蒙眬的眼睛将一切都看得新奇

远在希腊的苏格拉底还没有饮下毒酒

柏拉图还没有完成他的《理想国》

鲁国的孔子刚刚四十岁,看透了世间的疑惑

离开齐国的孙武也刚刚在吴国出仕

开始谋划一场震惊春秋的大战!

[孙武的心声]

终于可以放下氏族的负担了

不必考虑姓氏强加给人们的仇恨

这里将是我第二次生命的开始

这里将是我实现梦想的地方

1

数清了星辰，也就看透了天道

那些已定的命运，其实都是人为的艺术

只是，痴心的人们总想打破命运

天比人高，就想去探究天道

相比妄想，顺从秩序的人活得更从容

可从容的表情下，惊雷正在涌动

如同一个人的隐居，不是为了沽名钓誉

而是为了更冷静地思考天下

用毕生所学写成十三篇兵书，怎能是聊以自慰？

隐藏在书中的野心，又怎甘愿在深山中终老？

（只是，吴国会不会成为下一个齐国？

阖闾会不会和景公一样？

毕生的抱负，是否会落得穰苴叔父那样的下场……）

2

谁能不感到震撼呢！

自孩提时代起

听祖辈们讲述一次次大战

哪有不热血的男儿！

哪有不想建功立业的氏族子弟！

小小的故事埋下种子

直到成长为蔓延历史长河的兵道

像四季一般轮回，徘徊在天地间

它如此热烈而又冷酷

不为君王唱赞歌

只是自顾自地运转着

多少君王会被替代

多少王朝会灭亡

面对天地运转

这些也只是简单的草木荣枯

3

为烦琐的战事奉行极简主义的生活

将战场上的尸骨点燃成人们供奉的香火

将香火中燃烧的礼仪转化为国度的信仰

而这信仰，将建立万民对庙堂的自豪

在自信的国度里克制无谓的欲望——

那时的华夏还没有"魔鬼"一词

关于潘多拉的传说并不为人熟知

可受到诱惑的人却接踵而至
战争，变成一种贵族式的游戏
千万人的生死只是君王的一个念头
将帅指挥，那意气风发的姿势
背后，是被鲜血染红了的大地

4

国之重器的战争
命运怎可托付给神灵？
与其说相信神灵，不如说
是相信君王与天道的默契
与其说是思想统一
不如说看见了同样深邃的天空
学会对万物生灵与天地保持敬畏
也增加了自身灵魂的威严
任何风吹草动都是助力
都将胜利的天平倾向自己
只有与天道作对的人
从没有与人作对的天道——
寒风可以冻垮一支军队
烈日，可以让负重的勇士虚脱无力
一场大火，可以焚烧一片野草
一个春天，足以让百花开满山坡

一道寒风，足够逆转德国人蓄谋已久的闪电①

注：

　　①冬季严寒的天气，导致历史上拿破仑与纳粹德国在与俄国（苏联）作战时纷纷失利。

5

善战者不轻易言战
越是王者，便越是理性
他们更愿意
用文字的笔画取代纠葛
古往今来的大战
在纸上滚滚涌来
仿佛东海之滨汹涌的大海
可那累累白骨覆盖过的土地
以及竹简文字间空白的部分
又有谁记得呢？
人们喜欢用逐鹿来形容乱世
也许，春秋本身就是一个巨大的猎场
天子、列国的诸侯与将相们
既是猎人，也是猎物
历史从未同情过弱者
众生在杀戮中寻找自己的角色

6

兵法，何尝不是另一种治国之道
而兵器的演化史何尝不是文明的进化史
尖锐的木棍给予弱者勇气
给石头以方向，圆形的弧度具有了杀伤力
可以用来获取猎物
可以用来保护孩子和老人
也可以用于同类的杀戮
人们束缚马蹄，借用马的速度看到更广阔的领域
领域变大了，人们的心就大了
建造一个又一个"百乘之国"
炊烟如春风拂过的野草
告别了石器时代，人们开始与金属亲近
阳光下，生疏的铜面对铁还显得青涩
为了某种复杂的目的
人们急于推动锻造的手艺……

7

纵观历史，究竟是野蛮促生了文明
还是文明本身是一种伪装的野蛮？
那些彬彬有礼的国度，拥有更高的杀戮技艺
千百年后，填充进沟壑的尸骨无不与"文明"有关

人们争抢着兵法里的只言片语

将曲解的释义传播成某种神圣的教义

他们打扮得像个绅士，说着最高贵的语言

他们知道，兵法里的文字可以变成武器

能让垂老的猛兽重获利齿——

嗜杀的人，将战争变成一门畸形的"艺术"

纳粹"欢送"犹太人进入集中营的小提琴曲

战乱区看到同胞死亡却早已麻木冷漠的眼睛

屠杀者给自己的军队冠以优雅的名字

凡尔登的战壕，又承载着什么意义？[1]

再多饥饿的尸骨也填不满战争的鸿沟

英俊的士兵因服从君主而屠杀百姓

（一将功成万骨枯，历史的墙

砌进去了多少枉死的白骨）

注：

　　[1]凡尔登战役，是第一次世界大战中最残酷且持续时间最长的战役，从 1916 年 2 月 21 日延续到当年 12 月 19 日，德、法两国投入 100 多个师的兵力，军队死亡超过 25 万人，50 多万人受伤，史称"凡尔登绞肉机"。

8

乱世存亡的血脉，如此简单——

几笔几画几百字足以说清

可人们还要打破砂锅问到底

（因为他们不相信答案会如此简浅）

可乱世存亡的道理，谁又肯认清？

像后人们常说的白纸黑字

那些篆刻到石头上的警示，都被风沙掩盖

真正质朴的事物，在眼前一点点消逝

可是，谁的心中没有称霸的图腾呢？

只是，谁又能确定，我们看到了相同的风景？

尧舜禹治下是一个天下

商周王朝又是一个天下

齐国、楚国、晋国，谁不是天下的子民？

君威、国威、耀武扬威，褪去了诸侯的爪牙

再褪去民力的加持，谁才是真正的天子？

9

要立不世之功

就去做一个胆大包天的人

他无须冲锋陷阵，也不需威吓弱小

他要立下一个天大的志向要有一颗柔弱的心

手握着雄兵，却不需要动一兵一卒

不跨一条大江大河，水流都为他倾心

无须烽烟遍地，就让对手膜拜

其实，真正的力量从来都没有形状
那时的人们还没有赋予感情太多意义
肉体比灵魂还要轻盈许多
谁与我亲近，谁就要与我并肩作战
个体的温柔是阴谋吗？
缺少知己的士子们，又能相信谁呢？

10

出生在混乱的局势中
清醒的头脑却变成了痛苦的源头
如何质问这喋喋不休的争斗呢？
枉死的贵族们，没有死于自己的国家

生而为人，为君之臣子
谁又能抛开这般烦恼
上天并未赋予后人选择姓氏的权力
这本该让人感到荣耀的传承
却被一个又一个谎言替代
它是与陌路人相互杀戮的理由
它是召集族人力量的旗帜
也是族人间自相残杀的借口

选择相信的人，从未惧怕过死亡

看吧！胜利的喜悦只是片刻

唯有安定的生活才能长存

与其说他们忠诚的是哪位君王

不如说是忠诚于生活

功名利禄，不过是贵族的游戏

国君的千匹爱马填不满民众的粮仓

华丽的绸缎伴着歌舞

而贫民的草棚却在风中瑟瑟发抖

宠信爱妃的欢乐

亦打磨不了国家的兵戈

11

那时的神明，还是秩序的化身

星星与月亮仍未被人轻易命名

战争，被单纯地认作张扬武力的表演

（呵！那些个暴君们，多像后世的暴发户

甩着奢侈的大牌掩盖空虚的魂灵

就像用黑云般的军队掩盖早已腐烂透顶的王国）

那潜在的秩序，早已将人选内定

它的大门从不迎接痴心妄想的人

天空之上，有人俯瞰他黑色的子民

生灵与人拥有统一的默契

而人们在规律的迷宫中依旧迷茫

付出了血肉的代价，才学会敬畏

其实敬畏，本是为人的本分

如同那些喂饱人们的麦粒

在最饱满的时候学会俯下头颅

国，是世代传承的生存本能

谁能说清草木荣枯的循环？

谁又能让长青的树木流出褐黄的泪水？

征服只是生灵内部的游戏

生存是每一个生灵的本能

生命的天平并不屈服于君王的权威

12

可谁又能真正阻止战争的发生呢？

好战必亡，忘战必危

千年来，文明往往总被野蛮践踏

富庶的宋朝养着一群没有信仰的大夫

北方贫穷的铁蹄，却有着简单而血腥的欲望

战争的幽灵从未离开

我们必须警惕着，警醒着

越是危险的事物越是美丽！

行军治国的美学，求"全"至上
不需要拉奥孔的狰狞
也不追求维纳斯的残缺①
"全"为上，"破"次之！
饱满只是求全的外形
真正的高手将大美化于无形
仍在后人之间传说着的
那些畅快淋漓的故事——
哪里是什么盲目的侥幸
胸有成竹，是一夜又一夜的殚精竭虑
战争从来不是莽夫的游戏
仿佛在悬崖上走钢丝
每一缕风声，都是环环相扣的肉跳心惊

注：

①拉奥孔和维纳斯都是古希腊雕像，具有悲剧性冲
突的美学意义。

13

那时的人们还没有那么多欲望
义字不分高低，都被看得很重

重到可以舍生忘死

以不被历史铭记的死亡祭奠一片无名的土地

血气和雄心，是不可多得的荣耀

江山不会被谁轻易地指点

天下，多少令人激情澎湃的口号啊

征服的快感总是比荒诞的痛苦来得更快！

以服从命令为天职——

但这不是枪口瞄准翻墙者的理由[1]

魔鬼将靶心对准民众

道德的光芒将枪口指向高出一寸的天空

国之重器，应是国之道义的捍卫者

而非暴君镇压平民的凶器

注：

  [1] 1991 年 9 月，统一后的柏林法庭上，判处开枪射杀翻越柏林墙的克利斯的东德卫兵英格·亨里奇三年半徒刑，不予假释。法官当庭指出："作为一个心智健全的人，此时此刻，你有把枪口抬高一厘米的主权，这是你应主动承担的良心义务。"

14

每天诉说着霸业、强国的国君们哪！

世上哪有那么多虚幻的法门？

战无不胜的人不过是顺势而为

民心从未饶恕昏庸的帝王

谁能经得起时间推敲？

（两千多年后，齐景公的爱马重见天日

一匹又一匹紧靠着的骸骨重现昔日的辉煌

六百匹蒙古马，足以装备一百五十辆战车①

众人感慨，如此强盛的齐国仍不能称霸

纵有晏子、田无宇等人辅佐

齐景公还是将一手好牌打了个稀烂）

注：

①此处为淄博临淄区的齐景公墓址景象，现尚未完全开发。至 2019 年 5 月为止，已发掘出的陪葬战马超过六百匹，且都是大小相仿且接近成年的蒙古马。按照古代四匹马装备一辆战车计算，仅已发掘的陪葬马匹便可装备一百五十辆战车，相当于一个百乘之国的战力。

　　《初见吴王》（贺友直 作）。公元
前512年，在伍子胥先后达"七次"之
多的引荐后，孙武带着兵法十三篇，出
山拜见吴王阖闾。

作战第二

故兵贵胜，不贵久。故知兵之将，生民之司命，国家安危之主也。

——《孙子兵法·作战篇》

[时间轴]

　　《吴越春秋·阖闾内传》载："孙子为将，拔舒，杀吴亡将二公子盖余、烛佣。谋欲入郢，孙武曰：'民劳，未可，待也。'"

　　公元前 512 年（吴王阖闾三年），吴王任用孙子为将，攻打舒城，斩杀叛将盖余、烛佣。吴王试图借势伐楚，却被孙武以民众疲惫为由制止，同时与伍子胥等人定下了分兵扰楚疲楚的战略。

[诗外音]

不安分，是人类的天性

第六十七届奥林匹亚赛会刚刚结束

曾多次取得摔跤冠军的米洛

丢失了近三十年的冠军宝座

而远在东方的古老大地上

两个互相杀伐多年的诸侯国

已被历史长河的波浪，彻底淹没！

[孙武的心声]

利剑，只为懂它的人出鞘

兵法，只等待驾驭它的明君

我的王！

再等一等！再忍一忍！

星象已开始变化！

人心也已在这平静的局势下躁动！
伐楚的时机就快到了！

1

一生无须经历太多对阵
要让每一次战役都值得称颂
真正令兵家遗憾的，不是错过了不世之功
也不是错过那些扬名立万的战役
而是满腹的兵法韬略
却遇不到一个好君主
孙武先生，您是否有过一丝疑虑
也许兵法的出现，是某种程度的罪过
在后世，有人将它用于商业诡诈
为了特殊的目的，延伸出各种片面的解读
将不择手段奉为成功之道
以奇正之说蛊惑人们去投机取巧
只肯投身诡道，却不肯走上正路
后人期待着更多现实的利益
试图从中寻找并不存在的暗语和法门

谁能止住凡人的愚昧
用崇拜的目光瞻仰那些平淡的文字
战争之法，从来不需要信徒

所谓"兵圣",其实是前人肩膀的叠加

没有失传的《军政》《军志》①

何来一笔而过的行伍之道

哪有什么凭空而来的灵感?

能想到的,都是经验的传承

他们乐得去谈论那些青史中的战事

却不肯细究那些烦琐的运筹

战争来临,国家可以是一片土地

也可以是一台高速运转的机器

撇去人的情感,分三六九等的兵

隔开人与人的差异,保持最精锐最高昂的士气②

人道主义面对集体暴露其脆弱的本质

谁又能去轻谈他们的对错呢?

注:

①《军政》《军志》为西周晚期的兵书,作者不详。

②《商君书·兵守第十二》载:"三军:壮男为一军,壮女为一军,男女之老弱者为一军,此之谓三军也。壮男之军,使盛食、厉兵,陈而待敌。壮女之军,使盛食、负垒,陈而待令……老弱之军,使牧牛马羊彘,草木之可食者收而食之,以获其壮男女之食。"

2

历经近百年的落后

有人提出"师夷长技以制夷"①的妙方
可再妙的手法也无法挽救一盘残局
从《孙子兵法》到《战争论》
农业与冷兵器更加接近自然的本质
而火药与蒸汽机则趋向唯心主义的美学

作战中的虚招
本是一种保全的艺术
暴力固然可以涂抹绚丽的色彩
却失去了天道中真正的张力
这是中华文化中的含蓄与腾挪
一千个原因足以动摇你一千次②
怎能不变呢？
所谓的迷雾
不过是多推演几次的东方游戏
殊不知！
战争应该是一个国家挥出的武器
而不是哲学体系下抽象的野蛮与暴力③

哲人们喜欢与深渊对视
却忘记深渊之外
有其他更宽广的场域
只是那场域中的更多抉择
将由更多个深渊组成

阻碍的时间久了

前进的脚步自然也就慢

人们笃定着磨刀不误砍柴工

却忘记了，寻找森林与打磨一把好刀同等重要！

注：

①师夷长技以制夷，是魏源在其著作《海国图志》中提出的著名主张，是后来洋务运动甚至维新变法、辛亥革命等一切革新运动的先声。

②《〈孙子兵法〉与〈战争论〉比较》（作者不详）认为："孙子对作战指挥的最高要求是'用兵如神'。要求将帅根据战场实际情况的变化，灵活变换作战部署和作战方法。克劳塞维茨主张战略的任务是制订战争计划和战局方案，作战中的一切行动应按计划进行。他更为看重的是'把计划贯彻到底，不因一千个原因动摇一千次'。"

③克劳塞维茨认为，战争是一种迫使敌人服从我们意志的暴力行为。这一点与《孙子兵法》中的"兵者，国之大事，死生之地，存亡之道，不可不察也"相悖。

3

横扫楚国，威震齐晋

这看似被人称颂的功绩背后，是历史的苍凉

楚人的屈服能让死去的吴人复活吗？

弯腰的齐国能让荒芜的耕地焕发生机吗？

用人心买来的一次次胜仗，总有入不敷出的那天

（伍兄！在国家面前，个人的仇恨又算什么呢？

打入郢都就已经够了，何苦再掘坟鞭尸？①

这血海深仇，作为至交的我感同身受

但个人的痛苦却敌不过悠悠之口

还不如在秦庭外痛哭的申包胥②

至少，他不会愧对自己的故土和乡民

而我呢？逃离了齐国，恐怕也难以善终于吴国！③）

注：

①春秋后期，楚平王因误听谗臣费无忌之言而冤杀了楚国忠臣伍奢全家，只有伍奢次子伍子胥在申包胥等人的帮助下侥幸逃过一劫。随后伍子胥逃到吴国，助公子光夺得王位，成为吴国重臣。后伍子胥为报父兄之仇而率吴国军队攻破了楚国国都郢，然此时楚平王已薨，楚平王之子楚昭王也已逃离楚国。伍子胥为泄私愤，便令人掘开楚平王坟墓，怒鞭楚平王尸体三百下。

②哭秦廷，是指楚国大夫申包胥为了救国而去秦国求救兵的故事。同时这段典故也引发了《诗经》中著名的《秦风·无衣》的创作。原文出自《春秋左传正义》卷五十四《定公·定公四年》："初，伍员与申包胥友，其亡也。谓申包胥曰：'我必复楚国。'申包胥曰：'勉之，

子能复之，我必能兴之。'及昭王在随，申包胥如秦乞师，曰：'吴为封豕、长蛇，以荐食上国，虐始于楚。寡君失守社稷，越在草莽。'使下臣告急，曰：'夷德无厌，若邻于君，疆场之患也。逮吴之未定，君其取分焉。若楚之遂亡，君之土也。若以君灵抚之，世以事君。'秦伯使辞焉，曰：'寡人闻命矣。子姑就馆，将图而告。'对曰：'寡君越在草莽，未获所伏，下臣何敢即安？'立，依于庭墙而哭，日夜不绝声，勺饮不入口七日。秦哀公为之赋《无衣》，九顿首而坐，秦师乃出。"

③《东周列国志》记载："孙武固请还山。王使伍员留之。武私谓员曰：'子知天道乎？暑往则寒来，春还则秋至。王恃其强盛，四境无虞，骄乐必生。夫功成不退，将有后患。吾非徒自全，并欲全子。'员不谓然。武遂飘然而去。赠以金帛数车，俱沿路散于百姓之贫者。后不知其所终。"

4

浩荡的阵列，漫山遍野
不过是一个国家民力的体现
战车沉重的车辙，碾压的并非路面
而是百姓缴赋纳税的辛酸

用最少的死亡取得胜利

创造以少胜多的神话供后人敬仰

那并非几个简单的数字

而是用一条条鲜活的人命冒险

兵法，只决定了一把剑如何更锋利

可真正懂得用剑的人，又去了哪里？

灭得了敌国一世

却也种下了埋葬自己的种子

面对忍辱负重的君臣

再骄狂的军队也不过是历史简书的墨迹

古老的战场上

人们同时信奉野蛮与礼仪

贵族的荣誉和胜负

远比生命贵重得多

所谓兵法，由一个又一个血的教训组成

写兵法的人并非身经百战

他们只是汲取了前人所有的伤痛

纸上谈兵，谈的只是大道

可以直面高谈阔论的牺牲

却不忍看到血流成河的疆场

习惯了大而化之，将国化为一个整体

为胜利而被埋葬的那部分化成亲人的泪水

可这泪水终将被遗忘

直至流进君王们欲望的酒杯

5

战争何尝不是一头吃人的恶兽！
真正的兵法，是为了让战争拥有更文明的方式
在善战者手中变成艺术
"不全不粹之不足以为美"
杀敌一千自损八百，是战争的莽夫
避开残酷的杀戮
将噩梦转变为文明的博弈
但愿将来，兵戈只是武者的喜好
毕竟，那些遗落在战场上的骸骨
远不如对弈时弃掉的棋子轻巧①

（为何闷闷不乐
因为遍地的尸骨吗？
立下了赫赫战功
真的就可以扬名立万吗？
那些被记录在史书里的
是否用阵亡将士的鲜血凝结为笔墨
满目疮痍的大地
又是谁，一点点将它清洗干净？）

人们常说，长痛不如短痛
谁愿让自己的国家久经战火？

"兵贵胜，不贵久"

多年鏖战驱逐了外敌

还记得半个多世纪前吗？

那胜利的果实背后

是一代代即将消逝的

经历了创痛的百姓

无论保卫者还是入侵者

那些走上战场的男人们

如果脱下军装，丢掉枪支

他们可以是商人、农民或工人

当然也会是女人的丈夫或某个孩子的父亲

可那些扭曲的人性依然存在

他们忘记了爱，将战争奉为至高无上的朝圣②

被摧毁的房屋可以重建

留在人们心里的阴影却难以烟消云散

战火焚烧过后的景区，如今人声鼎沸

一家三口或四口，自驾游，组团游

可谁又能记得，当年那些

散落在地上的断臂残肢？

在那灰色的一刻，它们永远失去了主人

如果再深一层追问

到底为什么会有侵略

又为什么总有地方被侵略

还有那些被人蹂躏的民族

人们又汲取了什么教训

注：

①弃子，是围棋及象棋等棋类竞技中的一种手段，通过牺牲个别棋子换得大局面的主动或优势。

②此处泛指日本军国主义对平民进行罪恶的大规模洗脑行为。

6

荣耀固然应被铭记

但谁又能为己残破的命运买单？

胜利后的疮痍是为了后代们更好地延续

可在战争中凋零的个体又有谁能体会？

那些因战乱而男女比例失调的国家，数不胜数

苏联、巴拉圭、乌克兰、拉脱维亚……

谁能偿还一个家庭的儿子、父亲或丈夫？

命运显得如此廉价

作家们的一些文章偶尔提及

却再也掀不起人们心中的波澜

如果时间拉得足够远

则会变成教科书上冷冰冰的数字

这数字，或许将出于某种原因

被永久地雪藏……

有人习惯在战争前祈祷

他们所祈祷的，并不是杀死多少敌人

而是能够平安地回来与亲人团聚

是的，人们期待着战争前出现某种吉兆

可哪有什么真正的吉兆呢？

如果道义真的存在制高点

那么，这制高点的高度又究竟有多高呢？

自欺欺人罢了！

何必寻找谎言来安慰自己呢？

那些打着"太平"等光明的旗号的[①]

也最容易忘记初衷和承诺

那些牺牲的将士们尚未安息

享乐的舞乐总是早早地奏起！

注：

①指太平天国起义。《求是》杂志社原副总编辑苏双碧在《太平天国失败的原因及其历史教训》（刊载于《求是》2011年第2期）中指出："洪秀全、杨秀清占据南京以后，便以为可以立国，把享受和特权放在首要地位。"

　　《吴宫教战》（贺友直　作）。为探
知孙武的军事才能，吴王阖闾选派180
名宫女让其进行军事演练。整个演练过
程展现了孙武的执纪严明。最后，吴王
在吴宫外搭起将台，拜孙武为将军。

谋攻第三

凡用兵之法，全国为上，破国次之；全军为上，破军次之……

——《孙子兵法·谋攻篇》

[时间轴]

　　《左传·定公二年》载："桐叛楚。吴子使舒鸠氏诱楚人，曰：'以师临我，我伐桐，为我使之无忌。'秋，楚囊瓦伐吴，师于豫章。吴人见舟于豫章，而潜师于巢。冬十月，吴军楚师于豫章，败之。遂围巢，克之，获楚公子繁。"

　　吴王阖闾七年（公元前 508 年），吴国采用孙子"伐交"的战略，策动桐地，使其叛楚。然后，又让舒鸠氏欺骗楚人说："楚若以师临吴，吴畏楚之威势，可代楚伐桐。"十月，吴军乘楚人不备击败楚师于豫章，接着又攻克巢，活捉楚守巢大夫公子繁。

[诗外音]

历史仍由贵族们撰写

平民们组成承载千万文字的竹简

为了争夺撰写历史的权利

诸侯们你争我夺，杀来杀去

而西方的雅典正在忙着共和与公民大会

克利斯提尼将"改革"一词推入人类历史

那遥远东方的吴国并不知道这一切

他们正酝酿着一场谋攻！

[孙武的心声]

面对楚国这样的庞然大物

想要大快朵颐，却没有足够的兵马

三路大军疲楚已经数年

必须让楚国不断地麻痹下去

必须积蓄更多力量以备伐楚

1

这是个不祥的日子，不得已而为之的日子①

君子褪去儒雅的长袍，拿起刀剑

那层叫仁义的窗户纸被捅得稀碎

礼崩乐坏的时代，贵族的繁文缛节只是累赘

撕开最后一层遮羞布，战争暴露它赤裸的本性

不是你死，就是我活！

那些遵守约定的君子总被定性为迂腐

不择手段地赢得胜利，也赢得历史的歌颂！

注：

　　①《老子》载："夫兵者，不祥之器，物或恶之，故有道者不处。"

2

谁能探究出妙算中的玄机？

期待着谋胜敌人的，总是忽略谋胜于民

谁会相信一个随时动乱的国家？

那被国民亲手抹去的公子繻

不过是他们迎接郑成公回家的礼物①

没有长久积累的声望，谋攻的武器又在哪里？

注：

①《左传·成公十年》记载："郑公子班闻叔申之谋。三月，子如立公子繻。夏四月，郑人杀繻，立髡顽。子如奔许。栾武子曰：'郑人立君，我执一人焉，何益？不如伐郑而归其君，以求成焉。'晋侯有疾。五月，晋立大子州蒲以为君，而会诸侯伐郑。郑子罕赂以襄钟，子然盟于修泽，子驷为质。辛巳，郑伯归。"

3

上兵伐谋，最强大的武力

从不需要刻意伤人

上下同欲者胜，铁蹄踏下

那些破碎的胡服①埋进历史的黄沙

身着深衣②的人依然风流

每个被战鼓轰鸣的夜晚都值得怀念

谈笑间，人世已是千年之变

天下如同一张随意挥毫泼墨的宣纸

血肉横飞的疆场只是眨眼的瞬间

回荡在浩瀚时空里的嘶吼声

为鲜血染红的宫殿加持了更深邃的威严——

那时的人们还没有太多欲望

追随英明的君主成了唯一的追求

短短三尺青锋③，斩断了多少人的征途

封土为坟④，却成了赤子平民最后的归宿

谁能将这一曲战歌奏得轻快些？

不必兴师动众，不必破城灭邦

谁能将这一曲战歌演得惟妙惟肖？

让我的敌人们，不战而降！⑤

注：

①胡服，春秋时期的主要服饰之一。原本是北方游牧民族的日常服饰，因便于骑射，被引入中原，至战国时期，已成为各国的主要军服。胡服的特点是短衣长裤，配有带钩、短靴和皮弁。

②深衣，春秋时期的主要服饰之一。深衣不同于上衣下裳，是一种上下连在一起的服装。这种服装在社会上影响很大，不论贵贱、男女、文武职别，都可以穿着深衣。其中贵族中流行的深衣式袍服，是西周以来传统的贵族常服，而平民以之为礼服，平常穿短褐。

③三尺青锋，泛指春秋时期的青铜短剑，春秋时期一尺约合23.1厘米。至春秋后期战国初期，青铜剑长度普遍达50厘米至60厘米左右。杭州工艺美术博物馆

收藏的春秋战国复合青铜剑更是长达 65 厘米，约合三尺。"三尺青锋"一词原出自元代无名氏作《抱妆盒》第三折："刘娘娘　不索把三尺青锋赐；寇夫人　他自拣一搭金墙死。"亦省作"三尺锋"。

④封土为坟，春秋战国时期百姓普遍的葬礼方式。因战乱导致人口四方流离，人们多采用"封土为坟"的葬制，下葬后会有一个高出地面的土丘，俗称"坟头"。

⑤《孙子兵法·谋攻篇》："孙子曰：'夫用兵之法，全国为上，破国次之；全军为上，破军次之；全旅为上，破旅次之；全卒为上，破卒次之；全伍为上，破伍次之。是故百战百胜，非善之善者也；不战而屈人之兵，善之善者也。'"

4

要用多少枉死的性命

才能唤醒一个迷失的皇帝？

要用多少失败和教训

才能开悟一个沉沦的民族？

要多少代人的繁衍

才能渐渐抚平那无形的伤口

残破竹简上的故事里

从不缺乏鸡蛋碰石头的勇气

只是，从未有人改变过那破碎的结局

看，升腾的蘑菇云覆盖了天空
让多少被蹂躏的土地找回了尊严①
（战争让多少人失去了理性
作为受难国的后裔，为死去的同胞
我曾为那蘑菇云拍手叫好
可作为一个人，内心却滋生着更广泛的同情
同情那些也许没有狂热却一样死去的岛国的平民）

注：

①二战期间，在中国人民以及其他被侵略国人民的
反击下，日本受到沉重打击。已经进入败势的日本准备
负隅顽抗，为了加快战争进程，减少不必要的战争损失，
美国在 1945 年 8 月 6 日和 9 日分别在日本广岛与长崎
各投下一枚原子弹，8 月 8 日苏联对日宣战，8 月 15 日
日本宣布无条件投降。

5

那时候的家国，远不如现在辽阔
各方土地都被诸侯们代表着
能被记住的，只有数得清的几个姓氏
对于百姓来说，出趟远门
和跟着将军出征，并没什么两样
只不过，在父老们目送的尘埃里

有的人永远迷失在了远方

有的人伤痕累累地回来

光宗耀祖，多是口头上一闪而过的骄傲

（仿佛一位贫苦老兵最后的骄傲：

这是我在大前年上战场留下的伤疤

这是我在去年留下的伤疤，砍了三个敌军，立了战功

这是……）

呜呼！清点历史上的将帅们，谁能护得住士卒周全？

谁能走出庙堂，踏进士卒的家中取暖？

6

如果跳转到千年后的时光

谁能看到——

那个年轻的皇帝

试图背起摇摇欲坠的王朝①

在它苍老脸庞的沟壑里

填满了无处诉说的细小的痛

可历史并不总为好人买单

被后人们褒扬的明君

并未得到历史的青睐

也许，这就是上天安排的结局

为了给一个衰老的王朝

博取最后的同情吧！

注：

①此处指明朝最后一个皇帝崇祯帝，虽然励精图治却难以挽回明朝的颓势，最终在北京的煤山上吊自杀。

7

某些时候，纸上谈兵变成了一种美德

名臣将相们的战绩，在轻飘飘的谈吐间闪烁

有人将这些经验化为唇齿间的刀剑

在历史的长河中

人们是否还能想起墨子的衣衫？

想起他与兵家孙武某种程度上的不谋而合

他充分了解的谋攻的意义

君子之气，从来不分时代

以战止战，不如以谋止战

手无缚鸡之力，却在举手投足间阻挡楚国的大军

用衣带和木片击退敌人的野心①

避开不义的战争，让军士们脱下甲胄

回到农田里继续自己的生活

注：

①《墨子·公输》一文记载了墨子与公输盘进行模拟攻防战，成功阻止楚王攻宋的事迹。此文曾被选入中学语文课本，此处不再转载。

8

何苦要刀兵相见呢？

行走在路上的君子

将宝剑藏于衣袖

同生在一个天下

却暗自谋划着相互吞并

不如放弃无谓的抵抗

为更多人更好地活下去而战

也为更多人更好地活下去而休战

我想，傅作义将军应该深谙此道①

重重包围下的北平

不仅仅是一座城池那么简单

除了二十五万部下的性命

还有在战火中瑟瑟发抖的古迹

注：

①此处指 1949 年 1 月 22 日，傅作义在《关于和平
解决北平问题的协议》上签字，北平和平解放，千年古
都避免了战火践踏。

9

历史上从来都不缺眼高手低的人

他们不屑于纸上谈兵，而是纸上谈空

钟爱那些浩大、虚无的谋略

却从不肯俯首，倾听万众的心声

（我斩杀两位嫔妃，不仅仅是治军

正如我的叔父司马穰苴斩杀庄贾）①

谋攻，从来都不是一个人的臆想

它是万千个信念组成的势能

任它晋燕联军又如何？

让弱势的人得到公正

让羸弱的人得到足够的尊重

让羁绊的人撤除后顾之忧

兵者，诡道也

诡道的极致，便是大道！

注：

　　①司马穰苴（田穰苴）为了严明军纪，曾斩杀齐景公的宠臣庄贾。《史记·司马穰苴列传》载："日中而贾不至。穰苴则仆表决漏，入，行军勒兵，申明约束。约束既定，夕时，庄贾乃至。穰苴曰：'何后期为？'贾谢曰：'不佞大夫亲戚送之，故留。'穰苴曰：'将受命之日则忘其家，临军约束则忘其亲，援枹鼓之急则忘其身。今敌国深侵，邦内骚动，士卒暴露于境，君寝不安席，食不甘味，百姓之命皆悬于君，何谓相送乎！'召军正问曰：'军法期而后至者云何？'对曰：'当斩。'庄贾惧，使人驰报景公，请救。既往，未及反，于是遂斩庄贾以徇三军。三军之士皆振栗。"

　　《吴楚柏举之战》（贺友直　作）。
公元前506年的吴国西破强楚中，孙武
等人以不到3万兵力对抗楚国的20万大
军，五战五胜，占领楚国都城郢。

军形第四

胜可知，而不可为。

——《孙子兵法·军形篇》

［时间轴］

《吴越春秋·阖闾内传》载:"吴王于是使使谓唐、蔡曰:'楚为无道,虐杀忠良,侵食诸侯,困辱二君,寡人欲举兵伐楚,愿二君有谋。'唐侯使其子干为质于吴,三国合谋伐楚。"

公元前506年(吴王阖闾九年),吴王阖闾联合唐、蔡两国伐楚,号令吴军三万,亲自出征。

［诗外音］

人们开始熟悉了寻欢作乐

一些奢靡的行为趋向成为传统

遥远的西方并没有太多变动

雅典人仍然沉醉在他们的改革中

而东方的古国并不安宁

一支又一支大军在东南边的土地上奔走

与此同时,浣纱女西施降临于世

为数十年后的悲剧埋下浓重的伏笔!

［孙武的心声］

这一战,或许是我今生的唯一一次大战

占尽了天时地利与人和

对于未来的霸业,我心中充满了期待

想一想齐桓公,曾让多少百姓感到了国君的庇佑

善战者,当以战平天下,还天下一个太平!

1

风四处扰动，偶尔推动山石，折断树木
偶尔还会掀起一股野火焚烧草原
大地却从未与它争执
那些被折断的树木重新生长
野火焚烧过的地方纷纷萌生绿芽

也许，那些被称为巧合的事件
都是历史冥冥中的安排
在跌宕的长河中亡佚的兵法
只留下一些残篇供后人缅怀
它们把辉光留给了子孙
譬如一百五十五卷的《司马法》
只留下五篇残章和史家惋惜的悼词①

注：

　　①《史记·司马穰苴列传》载："太史公曰：余读司马兵法，闳廓深远，虽三代征伐，未能竟其义，如其文也，亦少襃矣。若夫穰苴，区区为小国行师，何暇及司马兵法之揖让乎？世既多司马兵法，以故不论，著穰苴之列传焉。"

2

谁能在历史中找到清晰的定位？
谁能预判到一场胜利后牵扯的人心？
谁能淡定地临摹出大势的形状？
（两军的对决，早在疆场之外就开始了
看清大势的人，如观摩一场棋局
你、我早已不是个体
而是棋盘上一个又一个棋子
山川河流都在棋盘交错中形成定式
就如这兵法所阐述的道理无可反驳
可是，谁又能真正掌握全部变化呢？）

3

做一个审时度势的人
在这群雄逐鹿的舞台上
谁能阻止大水向东流？
谁能逆改生死的定数？
胸有成竹的人从不需要呐喊
他们每前进一步
都沿着天道因果的走势
逞匹夫之勇的迎难而上
只会为失败的模样徒增丑态

除了生死，一切结局都是过往的积累

天道从未因人而异

我们都是这命数里忽隐忽现的因子

4

世上哪有什么不败的神话

不过是顺势而为罢了

顺势的人从来不等于墙头草

他们很清楚自己坚守的道义和去向

汹涌的河流借助悬崖，有了瀑布之势

但河流从未骄傲，总是在低处汇聚成汪洋

长长的城墙因有了山峦的高度，可以护一国周全

但山峦从未自视高大，每一块砖石都来自土壤

忘却那些血腥的场景，战争拥有其浪漫的美学

柔情似水，有了足够的力量便可冲垮坚石

5

然而，谁又能真正理解军形的用意呢？

环环相扣的兵法怎能片面论断？

富庶的南宋并未出产盛世

烟雨中的楼台①抵挡不住蒙古铁骑

一个不懂谋攻的朝堂怎可用好军形呢？

最后的十万铁骨沉入了崖山外的大海[②]

（农耕的犁牛追不上草原的快马

小富即安的庄户只想守着安稳日子

饱读诗书的文人们早已失去征服世界的欲望）

千年后，军形的奥义被用到了极致

一个暂时落后的古国，凭借着

来自祖先的提示，保全了华夏的血脉

（除了辽阔的土地，他们一无所有

农业的锄头与工业的机器

落后的装备与新入伍的农民

粒粒可数的子弹与填不饱肚子的粮食

两个文明的差距让战争近乎单方面的屠杀）

幅员辽阔的中华山河

用它残破的身体为子民们承载了十四年炼狱[③]

千万条性命死于敌人的炮火

被轰炸的、屠杀的，士兵和百姓们

染红了"落后就要挨打"的警示

以空间换时间，以时间换取最终的胜利

贫瘠的国家有着充满希望的大地

再先进的武器也无法改变它的纬度

全面抗战中，前仆后继的勇士们从不畏惧死亡

绵延千里的防线内外都是战场

注：

①取自唐代杜牧《江南春绝句》中的诗句"南朝四百八十寺，多少楼台烟雨中"。

②崖山海战，发生于公元 1279 年，南宋祥兴二年，是宋朝军队与蒙古军队在崖山进行的大规模海战，也是宋元之间最后的大规模决战。此战元军以少胜多，南宋军队全军覆灭，陆秀夫背着少帝赵昺投海自尽，许多忠臣追随其后，十万军民跳海殉国。此战宣告了南宋的灭亡，也标志着中国古典时代的终结，甚至有人提出"崖山之后无中华"一说。

③抗日战争，是第二次世界大战中中国抵抗日本侵略的一场民族性的全面战争。抗战时间从 1931 年 9 月 18 日"九一八事变"开始算起，至 1945 年结束，历经 14 年。抗日战争是世界反法西斯战争的重要组成部分，也是中国近代以来抗击外敌入侵第一次取得完全胜利的民族解放战争。根据 1996 年由红旗出版社出版、罗正楷先生主编的《中国共产党大典》记载，此次战争导致中国伤亡人口超过 3500 万。

6

阳光和雨水所具有的魔力
可以让洒满汗水的耕地长出足够的庄稼
存在于寰宇中的秩序

从未因人的智谋而改变

成事在人——

其实是做正确的事情

谋事在天——

是秩序推演的唯一结果

读到"败兵先战而后求胜"

我首先想到的，竟不是那些宏大的战争

而是九年前去世的老家大伯

五十岁的他不再是当年英姿飒爽的新兵

在高速公路上，他驾驶着贩葱的小车，像春秋的勇士

只是，勇士的车马背负着战争的荣誉

他的小车背负的是一家人的生活

我不知道他为什么如此"勇猛"

每次拐弯都是先冲出去，再看四周的车况

直到他战败的那次，都还保持着"冲锋"的姿势

瞪大了眼睛，死死地盯着前方

"一曰度，二曰量，三曰数，四曰称，五曰胜"

蚂蚁怎么可能吞象

鲨鱼的利齿配不上鲸吞的巨口

也许孙武早就知道

吴国不可能一战灭掉楚国

这将是一场长久的大快朵颐的盛宴

（可惜历史没有给孙武机会

骄横的吴王在赞美声中失去了雄心）

这场三万比二十万的战争①

逆势而为的智谋，只能做个临时的胜者

没有那么多土地，更没有那么多物资

没有那么多人口，更没有那么多精兵

这注定是一个缓慢的旅程

而吴王的骄傲，已走不到旅程的尽头

注：

　①相传在吴楚战争中，楚国的兵力为二十万，吴国军队为三万。关于楚国的兵力暂时没找到明确的史料记载，但广泛出现在各类网络文章及现代书籍中。吴国军队的数量在《尉缭子》中以"有提三万之众而天下莫当者谁？曰武子也"的形式提及。

《北威齐晋》（贺友直 作）。西破
强楚后，齐国、晋国由于内乱不断，无
力与吴国相抗衡。司马迁《史记》载："西
破强楚，入郢，北威齐晋，显名诸侯，
孙子与有力焉。"

兵势第五

三军之众，可使必受敌而无败者，奇正是也。

——《孙子兵法·兵势篇》

[时间轴]

《吴越春秋·阖闾内传》载："十月，楚二师阵于柏举。阖闾之弟夫概晨起请于阖闾曰：'子常不仁，贪而少恩，其臣下莫有死志，追之，必破矣。'阖闾不许。夫概曰：'所谓臣行其志，不待命者，其谓此也。'遂以其部五千人击子常。大败走，奔郑，楚师大乱，吴师乘之，遂破楚众。楚人未济汉，会楚人食，吴因奔而击破之雍澨。五战，径至于郢。"

《左传·定公四年》载："冬十有一月庚午，蔡侯以吴子及楚人战于柏举，楚师败绩。楚囊瓦出奔郑。庚辰，吴入郢。"

吴王阖闾九年（公元前 506 年）11 月 29 日，距离吴楚两军在柏举交兵仅十日，楚国郢都城破，史称"柏举之战"。司马迁在《史记·孙子吴起列传》中评论："西破强楚，入郢，北威齐晋，显名诸侯，孙子与有力焉。"战国时期的军事家尉缭子也曾评价说："有提三万之众而天下莫当者谁？曰武子也。"

[诗外音]

这个冬天注定不会平静

所有落下的和正在酝酿的都在涌动

这一年，人类文明的重心全部放在了东方

三国联军攻破了郢都

除了留下一个昭王奔随的故事

还有楚国历史上再也抹不去的奇耻大辱！
（在人头攒动的郢都
没有人注意到，还有一匹快马向西北去了
快马上载着一个苍老的背影
这把瘦弱的骨头即将杠杆般地拯救楚国）

[孙武的心声]
打完这惊天动地的一战
吴国必将威镇诸侯
这只是霸业的第一步
我将继续辅佐我的国君
直至天下大统，直至世上再无战事！

1

想起在齐国的某年，那时的我还姓田
落在棋盘上的棋子突然都活了起来
在祖父手中，它们是手持长戈、驾驶马车的兵士
就像祖父讲过的故事那样
有时，它们抱在一起
有时，它们相互冲杀
空白处的棋格仿佛倒下了一片片头颅的沙场
突然间，一阵阵威武的吼声传来
棋盘上的那些战马、盔甲，都消失了

战场上干干净净，仿佛从来没有过战事

一座座城池错落在棋盘上，那些棋子们

幻化成一道道坚固的壁垒，像临淄城

辐射着壁垒之外广阔的原野……

2

总是在倡导出奇制胜

可没有"正"，何来"奇"呢？

谁能凭空在沙漠里种粮食？

谁能徒手行走在雨中又不被淋湿？

所谓"诡计"，其实是正道的另一种形式

那些生死的瞬间是历史的加持——

当剑阁的炮石雨点般倾泻时

混乱的星象左右不了国家的命运

在茫茫七百余里的阴平道上

蜀国没有亡在魏国的大军手里

而是死在了，一张从高处滚落的毡子上①

注：

①《三国志·邓艾传》载："冬十月，艾自阴平道行无人之地七百余里，凿山通道，造作桥阁。山高谷深，至为艰险，又粮运将匮，濒于危殆。艾以毡自裹，推转

而下。将士皆攀木缘崖，鱼贯而进。先登至江由，蜀守将马邈降。"

3

探索正与奇、正与邪的秘密
方知棋有上品下品之分
（下品之棋如四处辗转的流寇
处处小胜，却得不到安定之所
上品之棋行王者之道，不拘泥一城一池
顺应大势的变化，伺机而动
以正为主，以奇为辅）
也许，兵道，正是正邪、阴阳的结合吧！

其实，治军、治国或写一篇文章
都是精心谋划的产物
那些自以为精妙的小主意
上天早已安排好了
人非鬼怪，不能凭空变化
身为一个人，能做的
只是尊重上天的安排，并将其运用到高妙处

4

从流水般的音律中感悟秩序的力量

音调的变化、组合，宛如战法的变化

有时，抬头看看春秋的天空

谁也不知下一个霸主将在何时诞生

哪一个国家又将被上天眷顾——

翻开史书，应该能听到一曲曲盛乐与哀歌吧

那些风流、孤傲、激昂的声音

都融在了竹简上龙飞凤舞的笔画里

而那些未被记录的空白处

又隐藏了怎样的秘密？

一生二，二生三，三生万物

那千万军士奔赴的战场，又有多少变化？

古代五音调①的音律，又有多少旋律？

色彩的组合，又有多少斑斓？

口味的叠加，又有多少奥妙呢？

注：

①《孙子兵法·兵势篇》："声不过五，五声之变，不可胜听也。"这里指的是宫、商、角、徵、羽。

5

被急流漂动的巨石

显得如此笨拙、无力

殊不知，这不可抗拒的命运
是因它自身庞大而蔑视水滴
而水滴只做好了两件事
积累足够多的数量
坚持足够长久的方向！①

注：

　　①《孙子兵法·兵势篇》："激水之疾，至于漂石者，势也。"

6

没有前方，何来后方？
没有阳谋，何来阴谋？

因为有了锋利的爪
人们常常忽略
猛禽们冷静和果断的眼光
后人们崇尚快如闪电的武功
却忽视了力量的修炼
就像那些穷兵黩武的国家
其实，世上最强大的武器从来没被握在手上
它悄悄地潜伏在每个人的心里
从不轻易展露自己的锋芒

7

混乱与秩序总是相对的
平静的湖水看似从容
却只能固守一方
湍急的流水不能停留
却可以一泻千里

怯懦与勇敢只是相对的
阵列整齐的军士们
却不如衣衫褴褛的死士视死如归

强与弱也是相对的
譬如那富庶的齐国
君王养千匹马，歌舞升平
百姓却饱受肉刑之苦

审时度势，其实是反省自己
庞大的枯木舍弃整块肉身，在枝头获得新生
壁虎断尾，得以逃出厄运
而自以为高级的人类却从来没有战胜自己的欲望

8

没有日夜的操练，怎能磨砺出强大的军队？

没有坚定的信仰，怎能一往无前？
没有完善严谨的制度，怎能调度有序？

改变不了风向，却可以顺风前行
无法让乌云退散，却可以撑伞避雨
再好的骏马也无法在乱石上奔跑
再富裕的国度也禁不住昏君的挥霍
再强大的军队也改变不了道义的规约

其实，诸子百家的大道总有不期而遇的默契
阴阳强弱不过是运势起伏
所谓的国运，其实就是顺应人心
田氏代齐只是人心的走向
可作为走向中的一员，却无法接受混乱的考问

胜利从来不是赢出来的
那些因意见不合而获罪的人
往往成为开启失败篇章的祭品
为名利而奔波的人
为所谓的氏族钩心斗角的人
都被太阳温暖地笼罩着
阳光从不需要轨道
它是真正正道的化身
不需要高山流水的声势
却让万物生灵都升腾起敬畏之心

《隐居著书》（贺友直 作）。面对
吴王夫差的腐败政局，孙武选择功成身
退，隐居山林，对《兵法》十三篇进行
修正完善。

虚实第六

故兵无常势，水无常形，能因敌变化而取胜者，谓之神。

——《孙子兵法·虚实篇》

[时间轴]

　　《吴越春秋·阖闾内传》载:"申包胥知不可,乃之于秦,求救楚。昼驰夜趋,足踵跖劈,裂裳裹膝,鹤倚哭于秦庭,七日七夜,口不绝声。秦桓公素沉湎,不恤国事。申包胥哭已,歌曰:'吴为无道,封豕长蛇,以食上国,欲有天下,政从楚起。寡君出在草泽,使来告急。'如此七日。桓公大惊:'楚有贤臣如是。吴犹欲灭之?寡人无臣若斯者,其亡无日矣。'为赋无衣之诗,曰:'岂曰无衣,与子同袍。王于兴师,与子同仇。'""夫概师败,却退。九月,潜归,自立为吴王。"

　　吴王阖闾十年(公元前505年),楚国大夫申包胥向秦哀公请求援兵,秦楚联军开始对吴军进行反击。与此同时,吴王阖闾的弟弟夫概回到吴国自立为王……

[诗外音]

这是注定属于东方的年份
楚国人的哭声穿透了秦国朝堂
也穿透了延绵不断的历史
一句"岂曰无衣,与子同袍"
被多少后人永远地铭记!
五百辆战车正从秦国赶来
复国的楚军也正在集结
稀少的吴军却一分为二

[孙武的心声]

今日的成败已是定局

比起这场连败的惨胜

更让我灰心的是

我看到了一个陌生而奢靡的国君

我能理解伍员的仇恨

可天下人不能与他感同身受

罢了！且慢慢收拾残局吧！

从此，我的身世将成为历史中的谜团

或潜伏于吴国的朝堂

或扑朔于人们的传说

或是隐居得善终的良士

或是物尽其用而弃之的工具

或是含泪离去背负着挚友的冤魂

1

排兵布阵的虚实，只是短暂的把戏

留给历史的谜团才有真正的奥妙

避开了《左传》和《国语》①

逃开同代人的目光，隐藏得像个小人物

身世之谜延续到汉朝，留给后人争论

《史记》为他立传，②《越绝书》为他正名③

还有《吴越春秋》将他认作吴人④

甚至有宋朝人以为，他曾来自卫国⑤

注：

①《左传》与《国语》中均没有孙武的记载。

②《史记·孙子吴起列传》载："孙子武者，齐人也。以兵法见于吴王阖闾。"

③《越绝书·外传记吴地传第三》载："巫门外大冢，吴王客齐孙武冢也。"

④《吴越春秋·阖闾内传》载："孙子者，名武，吴人也。"

⑤《吴邑志》载："孙氏本姬姓，卫孙文子之孙耳，封于戚，生武仲，以王父子为氏。春秋末，有居齐者，故孙武自齐奔吴，子孙自是世为吴人。"

2

虚实一直活在别人的眼睛里
如同我们所看到的历史，即一场虚幻的大阵
至今，人们无法分清伍子胥和孙武的真假①
处处玄妙的兵法却化为楚王尸身上愤怒的鞭挞
那被灭门屠尽的伤痛究竟该谁背负着？
度日如年的煎熬里，那些夜露又是谁的泪水？
轻装前行的逃离，是否已看清不得善终的宿命？
一生戎马，那坚硬的铁甲可以抵御刀剑

却挡不住宫廷上的红颜祸水②

注：

　　①历史学界一直存在"伍子胥与孙武合一"的观点。历史上关于孙武的记载多与伍子胥有关，且孙武的主要活动经历都与伍子胥有关。

　　②吴王夫差因听信西施、伯嚭等人的谗言，赐死忠臣伍子胥，间接促成了越国灭亡吴国的计划。

3

不像孔子那样谋篇布局
以崇拜者的姿态记录出一部《论语》
被后人封为"兵圣"的孙武
早已对后世有了清晰的认知
他鲜少去生硬地留下烙印
只是与平常人一样，轻盈地踏过历史
当史学家们还在争论孙武与孙膑的重合时
银雀山的竹简，终于揭开了历史的谜底①

注：

　　①《银雀山汉墓竹简》1972年发掘出土于山东省临沂市银雀山两座汉墓中。银雀山汉墓竹简共有完整简、残简4942片，此外还有数千残片。其内容包括《孙子

兵法》《孙膑兵法》《六韬》《尉缭子》《晏子》《守
法守令十三篇》《元光元年历谱》等先秦古籍及古佚书，
无一儒家经典，道家和兵法类文献占有较大比重。

4

虚实之中透着虚实

一个谜团揭开，更多谜团浮现

二桃杀三士，孙武是否也位列其中？[①]

如果救齐景公于大河中的田开疆，是孙武的化身

那么，被二桃杀死的三人，是否只是传说？

陈武子、田开疆与孙武又有谁能分清？

注：

①田昌五先生在《孙子里籍辨误》（发表于《孙子
学刊》1992 年第 3 期）中提出一个大胆的观点，既孙
武可能是二桃杀三士典故中的田开疆。田开疆名开，字
开疆，号武子，同时《左传》中亦有关于"陈武子"的
记载，曾参加齐国与鲁国之间的炊鼻战役；但他与孙武
在吴国的活动时间有冲突。马里千先生曾在《"谁是孙
子"质疑及其他》一文中对此观点予以质疑。

5

谁又能重现历史的细节呢？

残破史书上的只言片语寄寓着现代人无限的遐想

那离开齐国的孙子到底经历了什么？

四大家族的血脉，是否让他感到过荣耀？

在孙武心中，究竟是忠于姜氏齐国

还是选择顺从田氏代齐的预言？

他究竟是不堪忍受这混乱的局面①

还是奋起反抗景公与晏子②，最终落得逃亡？③

注：

　　①《新唐书·宰相世系表·三下》载："凭生武，字长卿，以田、鲍四族谋为乱，奔吴，为将军。"

　　②这里引用的是"四氏族反晏婴失败逃亡说"，虽未查到确切的史料记载，但广泛流传于网络及民间。大意是：公元前515年，周敬王五年，齐景公三十三年，高昭子联合栾、鲍、田三家反晏婴，孙书参与其中，恐遭败后株连，孙书奔吴，隐于穹窿中。

　　③这里引用的是另一种"田氏内斗避祸说"，虽未查到确切的史料记载，但广泛流传于网络及民间。大意是：孙姓是齐景公亲封的姓氏，已从田氏分离出来，孙氏家族是忠于姜氏齐国的，与已经开始暗自争夺民心与权力的田氏本族有冲突，所以孙武选择了离开齐国。

6

以逸待劳的"懒人"从容不迫

虚实，被后人们演变成一种自卫的手段

1942 年，长沙城外编织好了捕狼的大网①

穿越时间的风尘，孙子不禁笑了

掌握了猎物踪迹的猎手

让守株待兔不再是个笑话

注：

　　①这里指长沙会战。长沙会战发生于抗日战争时期的 1939 年 9 月到 1942 年 2 月，中国军队与侵华日军在以长沙为中心的第九战区进行了三次大规模的激烈攻防战。长沙会战也称为"长沙保卫战"，其指挥者薛岳发明了引诱与伏击相结合的"天炉战术"。

7

与其正面出击，不如兵分三路①

疲惫的楚国正气势汹汹地出征

气势汹汹的人最容易被愤怒冲昏头脑

这些年，我逐渐学会了分身术的技巧

战争打的不是胜负，而是耐心

那些看似坦途的道路，我已标注下道道关隘

能走出长途跋涉中的重重险招

也能凭虚实之力化险为夷

注：

①《武经总要·前集·卷四》载："所谓佚而劳之者，吴子巫臣以疲楚军是也。"

8

仿佛预感到了

一个巨大的幻象即将来临！

明明占领郢都了

却怎么也高兴不起来

写出这部兵法

其实是为天下制定规则

可只有我清楚

所有的胜仗都在违背自己的初衷

被战火烧焦的土地

仿佛在为这些残酷遮羞

吴军已失去了对一个国家最基本的尊重

我听到——

回荡在郢都里的，楚民们的咒骂声

这声音远比兵法的虚实更让人惊心

就像夜晚的夏虫悄无声息

可这咒骂声的确存在着，且直达天际

9

虚实的险招，并非冒险

而是心中早已画好了战役的沟壑

世上没有不败的军队

只有足够的勇猛和智谋

身为兵家，我不敢妄谈治国之道

温和之国和尚武之国，各有各的宿命

（千百年后，蒙古的铁骑如上帝的鞭子①

农耕文明与游牧文明的一场冷兵器决战

那血腥而漫长的征服之旅

竟然被终结在阿音扎鲁特的平原上！②）

注：

　①公元 1219 年，成吉思汗为了肃清乃蛮部的残余势力并消灭西域的强国花剌子模（Khorazm），便借口花剌子模谋杀蒙古商队及使者，亲率二十万大军西征。1225 年，成吉思汗胜利东归，将本土及新征服所得的西域土地分封给四个儿子，后来发展为四大汗国。

　②艾因·贾鲁战役（也叫阿音扎鲁特战役），是世界史上一次极为重要的骑兵战役，在一定程度上改变了世界历史的进程。这场战役由埃及苏丹忽都斯·贝尔巴斯率领的马木鲁克骑兵和其他穆斯林军队（主要是阿拉伯人和突厥人），总兵力大约五万，对战由旭烈兀麾下

将领怯的不花率领的两万混合部队。精锐的穆斯林军队
战胜蒙古领导的联军，蒙古军西征至此结束。

10

海浪虽宽，港口却有限
那些庞大的船只看似威武
却不如小船在风浪中灵活

在吴国与越国对弈的棋盘上
落子的格数早已有大概定论
取势、制高、虚实、退让
不过是在有限的方圆内无限地变化

敌人的走向早已了然于胸
就像看到秋去冬来一般自然
将每一条计策都对准敌人的软肋
虚实变化，不过是翻手覆手的事情

11

诡计用多了，便开始害怕空旷
在城头弹琴的人啊，豪赌着一场传说
这座空城便是他这庄家摆下的局

在安逸的琴声里，押上自己和整个蜀国的命运

城外，是十五万大军和那个姓司马的闲客

这赌注太大！虚实难分！

太大了！太险了！

这样的赌局，谁敢应呢？[①]

注：

　　①空城计，引自罗贯中小说《三国演义》，原文载："孔明乃披鹤氅，戴纶巾，引二小童携琴一张，于城上敌楼前，凭栏而坐，焚香操琴。却说司马懿前军哨到城下，见了如此模样，皆不敢进，急报与司马懿……懿看毕大疑，便到中军，教后军作前军，前军作后军，望北山路而退。"

12

虚实的哲学，诞生兵法的艺人

翻开沉睡的竹简，涌来一场又一场豪赌——

公元前 666 年，郑国的叔詹向楚军敞开了城门[①]

三国时期的文聘刚刚击垮孙权的数万大军[②]

西晋的刘琨在晋阳城上吹起《胡笳五弄》[③]

开元十六年，张守珪在瓜州城上看着吐蕃军的阵容饮酒[④]

虚实之间，历史增添别样的辉光

注：

①公元前 666 年，楚公子元亲率兵车六百乘，浩浩荡荡，攻打郑国，直逼郑国国都。郑国国力较弱，都城内更是兵力空虚，无法抵挡楚军的进犯。叔詹献出空城计，让楚军以为郑国早有埋伏，并成功逼退楚军。

②《三国志·文聘传》记载："孙权尝自将数万众卒至。时大雨，城栅崩坏，人民散在田野，未及补治。聘闻权到，不知所施，乃思惟莫若潜默可以疑之。乃敕城中人使不得见，又自卧舍中不起。权果疑之，语其部党曰：'北方以此人忠臣也，故委之以此郡。今我至而不动，此不有密图，必当有外救。'遂不敢攻而去。"

③西晋时期，曾有数万匈奴兵围困晋阳。刘琨一面组织防御，一面修书求援。由于援军迟迟未到且城内粮草紧张，他便模仿"四面楚歌"的方法，让士兵朝敌营吹奏《胡笳五弄》，成功扰乱匈奴军心，逼他们退军。

④《资治通鉴》记载："开元十六年秋，七月，吐蕃大将悉末郎寇瓜州，都督张守珪击走之。开元十七年三月，瓜州都督张守珪、沙州刺史贾师顺击吐蕃大同军，大破之。开元十八年五月，吐蕃遣使致书于境上求和。"

13

忽然有一天，青山不再是青山
依偎在林子内外的楼宇不再是简单的住所

阳光懒懒地照着它们

河流温柔地流过，将波光闪烁得缓慢

似乎一切都散发着一种禅意

仿佛弥散着大自然万物生灵的呼吸

14

时间一定是一个兵家高手

人们很少去考虑它的虚实

可它却在不经意间，把孩子变成了老人

它从未特意寻找对手，

却将与时间为敌的事物泯灭

在日出与日落之间

它也在一点点地雕刻着自己

譬如厚厚的岩层，是它存在过的证据

15

当楚平王的尸体重见天日的时候

孙武一定站在郢都的城墙上

审视这昏暗的天空

它仿佛一颗巨大的头颅垂下来

发出沙哑的吼声

孙武对视着它疲惫的眼睛，发出一声长叹

在这场战争中，吴军只是胜局的客人

他们即将离开这里

16

昨天还是箭在弦上
今天却一脸的云淡风轻
究竟谁的虚实，才属于天道？
昨天还愤怒如虎
今天却放下了所有怨恨
究竟谁的虚实，属于真正的人？

17

战争何尝不是一场梦幻
还来不及思考生命从何起源
便将它葬送在亲人的泪水里
记载历史的竹简其实只是记载了虚妄
从此，历史变成了只言片语的谜题
真相在后人的辨析中越来越模糊
可谁又愿意承认欲望是历史的推动力？
建功立业的豪情不过是制造万冢白骨
半生浮华带来真实的享受却在历史中化为虚无
看清了棋局内的步步虚实
却没有看清，博弈本身也是一场假象

　　1977年出土于山东省广饶县大王镇
孙氏祖莹的孙遇墓志铭，证实孙武故里
位于现在的山东广饶境内。此碑目前存
放于山东省东营市历史博物馆展厅内。

军争第七

军争之难者，以迂为直，以患为利。

——《孙子兵法·军争篇》

[时间轴]

《吴越春秋·阖闾内传》载："于是太子定，因伐楚，破师，拔番。楚惧吴兵复往，乃去郢徙于鄀若。"

吴王阖闾十年（公元前504年），平定内乱的吴国再次伐楚，屡次击败楚军，攻取番地及景德镇地区等，抓获潘子臣、小惟子及大夫七人，还俘获大量的财富珍宝，楚国被迫迁都。与此同时，越国趁机偷袭吴国，阻止了吴国对楚国的进一步进攻。

[诗外音]

去思考生命的意义吧！

希腊人热衷沉迷于哲学

巴门尼德刚刚提出思想与存在的同一

而古老的东方依旧战火连绵

阳虎劝孔子出山为官

吴楚两国也没有休兵止戈

东南方的狼烟尚在弥漫

在吴国身后，越国悄悄吹响了号角……

[孙武的心声]

我的王已迷失在郢都的大胜中

经历了几次败仗却还不能清醒

战事已没必要继续下去了……

几次侥幸的胜利不可能长久

那个灭楚的强吴已经不复存在了
吴国的百姓需要休息!

1

前脚还沉溺在千古霸业的梦中
后脚便扛着残破的帅旗退去
多少倾尽心血规划的宏图变成遗憾
多少平民的血白白流在疆场而荒废了耕田
比强人所难更难的,是强势所难
在兵家眼里,世上从没有笔直的坦途
那些看似通畅的道路,往往孕育着阴谋
阴谋在光天化日下野蛮生长
胜利与失败变成推演的结果,所以
人们习惯将暗地打造的命运,比作"天"
"天"的上面长满了鬼神的传说
在地上的人看来,"天"从未向他们让步
他们还把那些预谋已久的事件视为天道使然
后人们将淘洗过的流言组成历史
被美其名曰人定胜天的,其实是人们自己!

2

谁不明白军争为危的道理呢?

可除此之外，还有更好的选择吗？

仿佛棋盘上已经定型的拙手，却不得不出手

这不单单是狭路相逢勇者胜的勇气

而是那段孱弱的历史，带给人们特定的悲壮和无奈——

1937 年的 8 月，秋风无暇顾及飘在茅屋上的茅草

它只是轻轻拂过炮弹，却阻止不了它们落进上海①

军队像一把把柴火，被添进这噬人的火炉

谁不知道这是一场有去无回的冲锋呢？

可谁又真正停止过赴死的脚步？

（双腿再快也快不过船舰

老式步枪再多也抵不过飞机和火炮

但毕竟，有血肉之躯拼死的抵挡）

夜里的凉风并未给人慰藉

而是将寒意彻底渗入每个人的心里

战壕深处传来一阵阵哀鸣，这是乱世中伏草的哭声

有人寻找自己的残肢，有人正吃着染了血的馒头

就像棋盘上的弃子，用最后一口气去拖延

用活生生的血肉之躯，为未来的胜利埋下一个奇迹

注：

　　①淞沪会战开始于 1937 年 8 月 13 日，是蒋介石为了把日军由北向南的入侵方向引导改变为由东向西，以利于长期作战而在上海采取主动反击的战役，是中日双

方在抗日战争中的第一场大型会战，也是抗日战争中规模最大、战斗最惨烈的一场战役，彻底粉碎了日本"三个月灭亡中国"的狂妄计划。

3

怀有执念的人总想与大势争个高低

立于不败之地的诀窍早已不是秘密

可秘密之外，人们总希望得到一些捷径

那些先下手为强的人们

总是赢了历史，却输给了时间

其实，赢和输又有什么区别？

绞尽脑汁徘徊在输赢之间，又做何用？

人们常为这短暂的胜利感到窃喜

也有人无奈地将它认作最后的努力

晏子阻止不了田氏代齐[①]

零丁洋上的声音，是文天祥为人臣子最后的叹息[②]

合上史书，兵家的高论绵延其中

军队之争，国家之争，最终都干涸为竹简上的墨汁

注：

　　①晏子在辅佐齐景公时曾预言过田氏代齐的发生，但他并没有刻意阻止。他认为田氏代齐虽然有违君臣道义，但田氏的所作所为更得民心，对百姓有好处。

②《过零丁洋》是宋代大臣文天祥 1279 年经过零丁洋时创作的诗作，并流传下名句"人生自古谁无死，留取丹心照汗青"。

4

将历史命名为"任人打扮的小姑娘"

可是时间从未宽恕过谎言

世上存在越辩越模糊的真相

也存在越发接近真相的谎言

谎言从未真正地成为过真相

竹简的背面，暴君们的浮雕开始慢慢脱落

模糊的、篡改的部分开始变成喋喋不休的论点

善战的纣王没有败给酒池肉林①

却输给了南征北战中疲惫的国力！②

人们纷纷惋惜那些可能被历史掩埋的人

其实也是在提前惋惜自己

充满血气和争胜心的时代早已经远去

现代文明下的人应思考如何无愧于青史

千百年后，当人们再次翻出史书

是否能听见那些曾经为古人翻案的声音

仿佛那墨迹斑斑的字里行间，发出的声声长叹！

注：

①《论语·子张篇》载："纣之不善，不如是之甚也。是以君子之恶居下流，天下之恶皆归焉。"意思是说："商纣王虽坏，但决不像传说中那样厉害。他之所以名声不好，是因为人们把天下所有恶事都算到他的头上了。"

②《左传·昭公四年》记载："商纣为黎之搜，东夷叛之。"《左传·昭公十一年》记载："纣克东夷而陨其身。"

5

困兽之斗，不如留一条缺口
何苦与绝境中的敌人拼杀？
何苦把自己逼进你死我活的赌局？
人，可以繁衍，生生不息
死去的军士却再也不能回来
断了血脉的家庭再也无法延续
不如给他们一线生机
面对生命的希望，一切都将脆弱起来
曾经被他们埋入内心的，赴死的刀剑
在夺路而逃的小径上变得柔软
一旦想起家乡的炊烟
黑云压城的威严也变得荡然无存

6

与胜者为伍的学问

从来不以追求胜利为目的

国家的艺术从来不是硬碰硬的美学

而是一种平和中改变逆流的境界

那些一心求胜的，终被胜利淹没

其实，求胜和求败都是一样的

胜得多了，总会有惨胜

惨胜过后，失败可能就要来了

胜利，可以是很多次

但失败，也许会成为最后一次

那些兵家智者，像老道的船长

长久地行驶在海面上，从不炫耀收获

只是安全地穿过风暴继续行驶

7

宁失一子，莫失一先

被人们片面地解读成了唯快不破

快在一招一式

快在一城一池

快在一场战役

却也快速地灭亡了自己的王朝①

后人们迷恋上"快"的快感
快速销售与快速上市
快速扩张与快速融资
一个又一个快的神话纷纷倒下②
无论在战场还是商场
它们像一场又一场急促的风暴！
看！仍有无数条缓缓流动的小溪
它们未曾撼动这天地
这些汇聚入海的小水流
它们不曾快过分毫，甚至是缓慢
却默默地养育出一个又一个惊涛骇浪！

注：

①此处暗指元朝。元朝以蒙古骑兵见长，经常以闪电战的形式征服别国；但元朝在建国后忽视内政建设，穷兵黩武，不到百年就灭亡了。

②此处泛指 2018 年前后资本热钱涌入与退出引发的现象，如 ofo 的共享单车现象，盲目追求市场扩张和估值，最终资金链断裂，化为一地鸡毛。

8

我欲乘风而来，我欲绝尘而去
明明大军还没出征，心却飞驰到千里之外

一忍再忍，只是在等恰当的时机

必须保持足够冷静，大军是建功立业的武器

更是用千万性命托付的信任

必须卸掉所有烦心事，才能轻装前行

将粮草留给后方的国家吧

去建功立业的勇士不会缺少吃穿

半路遗弃的辎重也将在敌人的宝库里准备着

仿佛千万兵马一夜间从天而降

仿佛他们迷信的鬼神在我们背后助力

可只有我知道，那曲折而漫长的行程中

所有沉重的步伐和深深碾压在大地上的印记

将汇聚成一股响彻天下的吼声

9

兵法只是兵家最初级的指导

有人读到精妙的思路

也有人从中参透了国之大道

当然，有些天赋是冥冥中带来的

比如成吉思汗，和他来去如风的一生

蒙古铁骑踏不上中都的城墙

风一般的马蹄却劫掠了北方九十余郡

守住中都的金国，望着退却的蒙古军队

却没有一丝胜利者的喜悦

退却的人真的败了吗？

短暂地守住了一座残破的城市

退却的人卷走所有财富

再次卷土重来的时候，却裹挟了全部胜利的果实

走下马背守着农田的金国

已渐渐跟不上蒙古铁骑的步伐①

注：

　①1214年7月，蒙古发兵进围金中都（今北京）。次年3月，金军一面分兵增援中都，一面派御史中丞李英由大名运粮草至中都救援。蒙古军在打击金援军的同时，派兵截击其粮道，夺取金兵粮秣。金军李英部至霸州（今河北霸州市），即遭到蒙古军的拦击。李英战死，所运粮草全部散失。金中都因得不到兵力和粮草救援，被蒙古军攻陷。

10

如果把整个天下当作沙盘

一城一池便是一支部队

可以是小小的伍长，也可以是将帅

如果把一支人马当作全部

那将帅便是他们的第二个君主

历史真的会感知血腥吗？

战争中的厮杀与朝堂的争斗哪一个更残酷呢？
征服一座城池和覆灭一个国度，哪个更悲壮？
相比于无情的世事，人们更迷恋传说
更迷恋飘荡在历史中那些小小的故事
瞬息万变的大势，渐渐让人迷失——

其实，合纵的乱局早在预料之中①
兵家指挥着军团，纵横家操纵着国家
没有信仰驱使，却甘愿为不同的君主奔走
在群雄逐鹿中绽放光彩，只是才能的证明
（天下这块任人宰割的肥肉
谁会成为盛宴中最闪耀的人？）
时过千年，总结成人人皆知的真理——
没有永恒的敌人，只有永恒的利益

注：

①合纵连横的实质是战国时期的各大国为拉拢他国而进行的外交、军事斗争。合纵的目的在于联合许多弱国抵抗一个强国，以防止强国的兼并。战国时期，苏秦游说六国诸侯实行纵向联合，一起对抗强大的秦国，但后来被秦国范雎的远交近攻战略所打断。

11

草木皆兵，身为局内人

谁能看清千米外的战场？^①

再惊心动魄的故事怎么可能代替临阵的紧张？

后人们叹息的只是读到的悲壮

慌张逃窜的却是为了保全存活的机会

精通了军队的语言，就学会了让军队呐喊的方式

手不可摘下星辰，却可以指挥比星辰还多的军队

如果将黑夜变成难以捉摸的谜底

用漫天的篝火变幻出无数兵士

那么，被烤红的黑夜便是它劝降的战书！

惊天动地的鼓声，可以只为一人奏响

遮天蔽日的旌旗，可以布得漫山遍野

一个人的决心可以变成千万人的决心

千万人的决心也可以被一个人的决心伪装

逃兵可以被打动，变成一往无前的勇士

勇士也会变得懦弱，变成一溃千里的逃兵

军队从不因某一位勇士而更有气势

也不为某一位懦夫而怯懦不前

谁能让军队发出更具威慑力的声音？

注：

　　①《晋书·符坚载记》载："坚与符融登城而望王师，见部阵齐整，将士精锐；又北望八公山上草森皆类人形，顾谓融曰：'此亦劲敌也，何谓少乎？'怃然有惧色。"

另见"八公山上，草木皆兵""风声鹤唳，草木皆兵"。

12

鼓声与旌旗是军队的词汇

就像汉字的偏旁部首和拼音

将它们组合，散发不可想象的势能

在整齐的阵列中透露和谐的张力

口齿伶俐的人总是占尽上风

没有破绽的辞藻给人以无可阻挡的自信

那些凌乱的语言，都在历史中磨成了风沙

曾经犀利的经典也渐渐软化了棱角

疆场上飘荡着的愤怒

最终却成为滋生文明的养分

在遥远的星空深处

庞大的运转着的事物不为所动

那是如此浩瀚的静怡的画面中

一粒小小的自然的砂石，在风中滚落的轰鸣！

13

在古人的辞藻里打捞鬼神

在礼崩乐坏的时代里，人们仍保持着敬意

他们从未忘记庙堂的礼数

谨记着每一个禁忌的节日
可那些君王，真的相信过鬼神吗？
他们歃血为盟，向祖先的英灵们起誓
仿佛那些英灵们就是鬼神的化身
仿佛鬼神的化身就伴随在他们身边
仿佛不遵守誓言，便真的会受到惩罚

他们将希望寄托给占卜
仿佛这些预言是神灵打磨过的箴言
他们敬仰天空，想成为闪闪发亮的石头的一员
星光在时光的长河里眨眼
诸位君王都邀请天上的事物见证他们的誓言
可誓言又算得了什么呢？忠义在春秋又算什么呢？
给愚忠者一个愚忠下去的底气
给乱世中的良禽们一个择木而栖的选择
"故不知诸侯之谋者，不能豫交"
一句不足与谋，也足够成为分道扬镳的理由！

　　本书作者与当地宣传部门专家在兵
圣孙武的诞生地 —— 山东省广饶县花官
镇草桥村的乐安故城遗址前留影。

九变第八

途有所不由，军有所不击，城有所不攻，地有所不争，君命有所不受。

——《孙子兵法·九变篇》

[时间轴]

《左传·定公十四年》载："吴伐越。越子句践御之，陈于檇李。句践患吴之整也，使死士再禽焉，不动。使罪人三行，属剑于颈，而辞曰：'二君有治，臣奸旗鼓，不敏于君之行前，不敢逃刑，敢归死。'遂自刭也。师属之目，越子因而伐之，大败。灵姑浮以戈击阖庐，阖庐伤将指，取其一屦。还，卒于陉，去檇李七里。"

吴王阖闾十九年（公元前496年），越王允常去世，吴国趁机伐越。吴王阖闾日益骄横不肯听从建议，最终在檇李之战中被越大夫灵姑浮挥戈斩落脚趾，重伤而死，后葬于苏州虎丘山。

[诗外音]

被人类引以为历史的长河
其实只是天道轮回中的一次花开花落
伊索寓言在四年前横空出世
佛教诞生于印度半岛，孔雀王朝已埋进昨日的沙土
波斯帝国征服的脚步止于西方
罗马人在里吉勒斯湖打败了拉丁人
而这一年，孔子在卫国遇见最淫乱的南子
没有杀死嫡母的卫国太子，踏上了逃亡之路
吴王阖闾没有阿喀琉斯之踵，却死于重伤的脚趾

[孙武的心声]

这已不是人力可挽回的颓势了

我的王已迷失了他的初衷
霸业的路还很远
我孙武的志向也绝非成就一个小国
可时运至此，为人臣子已无回天之力
他们还没有看到绝境到来
他们还没有感到，霸业已开始由盛转衰

1

兵马可以走得很远
眼睛却望不见更远的地方
疆土可以拓展得很远
身体却只能停留在脚下的一方
人们迷恋庞大的秩序
譬如春暖花开
譬如古人迷恋国君的方略
可春暖的季节里也有许多寒风
微妙的变化从未停止
花开的时节会遭遇风雨和虫害
人们却只看到了花朵的盛开
那些被传唱的开明的国君
也曾杀死许多忠良义士
指挥者们意气风发的宏图
需要多少血肉挣扎才能实现？

那些看似坦途般的进展

又经历了多少磕绊？

谁还记得，将在外君命有所不受——

领兵的将军仍效忠着他的国君

却又不得不违抗国君的号令！

2

战争间的变数何止是九变？

与其牢记九变，不如学会随机应变

那玄乎的势能，如风中的纸鸢

持线的人怎么可能扭转风的方向？

风一变，持线的人也就变了

多像在风雨中飘摇更迭的朝代

活在世间的人怎么可能改写历史？

真正飞到高空的，总是顺势而为

有时，这随风飞舞的纸鸢也像神出鬼没的奇兵

纸鸢从未将自己看重，所以飞得很高

正如那些时刻谨慎的人，保全了个体的善终

3

多少功名的巨舰在"变"中沉没

多少丰碑般的名将在"变"中陨落

兵家们苦苦修炼，欲拉近人与神灵的距离
保持无欲无求的心境，以对抗欲望的死神
可是，谁能丢弃送到眼前的功名？
人们将功名比作过眼云烟，却钟爱功名的幻境
多少坚守
在欲望面前变成一堆堆灰烬

4

途有所不由——
这世上有千万条路
并不是每条路都可以走
救人的方法也有千万种
围魏救赵是最好的一种
急行军的庞涓，陨落在马陵
这兵法的警示来自孙武
而那个复仇的人，名叫孙膑
倒在箭雨下的，不只是善战的将军
更是魏国称霸多年的骄傲的王冠

5

军有所不击——
历史的光幕上浮现过无数支败军

但不是每一支败军都能被追杀

战无不胜的曹孟德，也曾失蹄于荥阳①

留下竖子不足与谋的感慨

用大半个身家与历史的可能性赌博

如一场醍醐灌顶的授课

乱世之奸雄开始意识到实力的重要！

注：

①汉献帝初平元年，曹操行至荥阳汴水（今河南荥阳西南），与董卓大将徐荣交锋，因为士兵数量相差大，曹操大败，士卒死伤大半，自己也被流矢所伤，幸得堂弟曹洪所救。回至酸枣，曹操建议诸军各据要地，再分兵西入武关（今陕西丹凤东南），围困董卓，关东诸将不从。这场战争中，张邈所遣卫兹阵亡。曹操士卒阵亡甚多，再无西进之力。而关东军高垒不战，在酸枣日日饮酒高歌，曹操于是前往扬州一带募兵。

6

城有所不攻，地有所不争——

在古代，人类建造过无数座城池

城池中是他们尚在襁褓中的脆弱的文明

不是每一面城墙都可以被打垮

不是每一群人都会在死神面前低下头颅

石头的城墙可以摧毁，人心的城墙却难以动摇
屈辱可以令人清醒
曾令人战栗的钢铁洪流并未让铃兰花屈服[①]
不是每片土地都可以被征服！
也不是每个民族都可以被掌控！

注：

　　①铃兰花是芬兰的国花，此处隐喻二战时芬兰抗击
苏联侵略的故事。

7

君命有所不受——
春兰秋菊，各擅胜场
世上哪有无所不知的神呢？
国事从来不是任人操纵的木偶
谁又能将触线延伸至每个人的内心
是该可怜还是可恨那些愚忠的人呢？
忠诚变成了让自己悲惨结局的理由
深居宫殿的人问何不食肉糜[①]
坚守在边疆的将士为果腹而啃食树皮
百闻不如一见，麒麟阁上传诵着平定西羌的战鼓声

注:

　　① "何不食肉糜" 是晋惠帝执政时期的一个典故。

原文为: "帝曰: '何不食肉糜?' 其蒙蔽皆此类也。"

8

然而, 九变并不囿于战场

它被延伸到了古人的朝堂和现代人的职场

君王的座椅成为一种象征

也成为暗流翻滚下阴谋的帮凶

那些随机应变的胜仗

让敌人与君王同时感到不安

被百姓们传唱歌颂的将军

即将在这些赞美词里埋葬自己的一生

这是一个武人最悲惨的宿命

战争并非君王手中抽打的陀螺

勇往直前的人, 忤逆了他的鞭子

善终的兵家们渐渐有了默契

九变, 不仅在战场, 更在自己的朝堂

风波亭惨案寒了多少将领的心①

可又有多少陈年的雪在历史中消失得毫无踪迹

而回到千年以前

当吴军走在出征楚国的大道上时

已开始不可逆转的变动

注：

①风波亭，原是南宋时杭州大理寺（最高审判机关）狱中的亭名。公元 1142 年 1 月 27 日，在这里留下震惊世人的大阴谋：宋高宗赵构暗旨秦桧和其夫人合谋，诬陷岳飞谋反，因无确切证据，故以臭名昭著的"莫须有"的罪名将一代名将岳飞及其儿子岳云、部将张宪在风波亭内杀害。

　　位于山东省广饶县关帝庙街的孙武祠，修建于 1992 年。祠内的展览以翔实的资料展示了兵圣孙武辉煌的一生。

行军第九

兵非益多也，惟无武进，足以并力、料敌、取人
而已。

　　　　　　　　——《孙子兵法·行军篇》

[时间轴]

《左传·定公十四年》载:"夫差使人立于庭,苟出入,必谓己曰:'夫差!而忘越王之杀而父乎?'则对曰:'唯,不敢忘!'三年,乃报越。"

《史记·越王勾践世家》载:"越王谓范蠡曰:'以不听子故至于此,为之奈何?'蠡对曰:'持满者与天,定倾者与人,节事者以地。卑辞厚礼以遗之,不许,而身与之市。'勾践曰:'诺。'乃令大夫种行成于吴,膝行顿首曰:'君王亡臣勾践使陪臣种敢告下执事:勾践请为臣,妻为妾。'吴王将许之。子胥言于吴王曰:'天以越赐吴,勿许也。'种还,以报勾践。勾践欲杀妻子,燔宝器,触战以死。种止勾践曰:'夫吴太宰嚭贪,可诱以利,请间行言之。'于是勾践以美女宝器令种间献吴太宰嚭。嚭受,乃见大夫种于吴王。种顿首言曰:'原大王赦勾践之罪,尽入其宝器。不幸不赦,勾践将尽杀其妻子,燔其宝器,悉五千人触战,必有当也。'嚭因说吴王曰:'越以服为臣,若将赦之,此国之利也。'吴王将许之。子胥进谏曰:'今不灭越,后必悔之。勾践贤君,种、蠡良臣,若反国,将为乱。'吴王弗听,卒赦越,罢兵而归。"

吴王夫差二年(公元前494年),勾践闻夫差为报父仇,正加紧训练军队,准备攻越,遂不听大夫范蠡的劝阻,决定先发制人,出兵攻吴。夫差闻报,悉发精兵击越,两军战于夫椒。越军战败,损失惨重,退守会稽

山（今浙江绍兴南）。吴军乘胜追击，占领会稽城（今
浙江绍兴），包围会稽山。越王无奈，采纳大夫范蠡、
文种建议，派文种以美女、财宝贿赂吴太宰伯嚭，请其
劝吴王夫差准许越国附属于吴。

[诗外音]
这注定是复仇的一年
罗马的平民离开了罗马城
他们向不公平的债务和权力说不
休养生息的楚国包围了蔡国
他们为当年的柏举之战雪耻
而越国终被吴国所灭
勾践和范蠡成为夫差的奴仆
劈柴喂马的生活并不浪漫
而悬挂在梁上的苦胆
包藏着日后更多的战乱

[孙武的心声]
吴国的朝堂已经变了
没有了听四方之言的君王
那要谏言的臣子还有什么用呢？
殚精竭虑的人，比不过宠臣的谄媚
国家的危亡，比不过美女与珍宝
吴国必将为越国所灭
上天，将用时间见证这一预言！

1

何必对风水过度解读呢？

那些被信奉了多年的鬼神

从未以真实的面目干预人间

宁愿将希望寄托给虚无的信仰

也不肯与眼前浮现的真理一一面对吗？

还在谈论生死，谈论未来的去处

其实，不如学习野兽们趋吉避凶的本能

在自然的指引中寻找生死的法门

那些给人们以温暖的，都被人们美好地命名着

那些给人们以恐惧的，人们试图为它编造更恶毒的传说

似乎习惯了，每次做事前都讨个吉利的说法

没有人在乎这占卜的准确

可以计算的盛衰早就摆在世人眼前了

那些尚未清晰的前方

又有谁能算清它们的去向呢？

2

说到底，人还是自然的子孙

在无穷的变化面前，所谓智慧

不过是自欺欺人的谎言

天道的法则早就摆在那里了

我们只是黑暗中的探索者

那些令我们沾沾自喜的发现

本质上与孩子捡到新奇的石头并无区别

造人的女娲也未曾逃脱出自然的法则

就连神的生活也要顺应万物的习性

水往低处流，哪怕大海也不能逆转

生死有命，高贵的君王与卑微的贫民都要遵循

那被人论证为引力的神秘力量

时刻警醒着人们要学会敬畏

3

昨天，他们还是庄稼地里的农夫

今天，就成了手持矛戈的武士

一谈到战争，总是热血沸腾

一谈到生活，总是多了些许顾虑

自上而下俯冲的阵列

让人心中凌然升起视死如归的气势

（可谁又能和家人如此壮烈地活着？）

进了战场，就忘记了一切

集体的狂热掩盖了个体的孤独

忘掉家中的温饱，追求建功立业的虚妄

开在山顶的花是比山脚下的花更加夺目

无数石头垒起的山令人心生敬意

还有什么比高山流水更让人心潮澎湃的呢？

迎面的是烈日，背靠的是高山

流水并不想摧毁什么，也不想求胜

曾经阻拦它们去路的大山都被流水环绕

4

高处并非不胜寒

只是站在高处的人看透了冷暖

人们总以为遮掩的浮云

其实才是这世间名利的本质

那些在低处愈发清晰的细节

喜怒哀乐不过被用来填充更深邃的黑暗

居高的射手轻易地看清了大地

危险潜藏于地面上攒动的生灵之间

也像河流里滚动的鹅卵石

在拥挤的行伍中，无数小命运合并为大命运

伤痕累累地活下去，只是些皮肉伤

走上高楼摘星的人意识到寰宇的浩大

习惯用"天"字去命名非凡的事物

对宇宙中不可战胜的事物时刻保持敬仰

天井、天牢、天罗、天陷……

每一块地形都有属于自己的天意

每一支军队都不得不遵从它们潜在的指令

5

后世的人们习惯给雕像镀金
借用金子的光芒来彰显某种尊贵
其实，人们更喜欢为胜利附加一种传说
传说的光芒远远胜过黄金万两
斩杀黑夜里的白蛇断送掉一个秦朝[①]
月下的快马追回举世无双的兵家[②]
这流动在时间里的精神武器
为前赴后继的人们照亮了征途——

这征途从未停止，只是被历史的巧合暂时搁置
湍急的水流拦不住决心过路的人
从未被摘下的星辰也未让登高者绝望
多少破釜沉舟的故事让河流演绎着悲壮
多少义无反顾的赴死打破了强弱的定律
兵半渡而击，被水打湿的队伍总是最狼狈

可战争不是君子的游戏
君子是胜利者展示给史官们的路演
那些被竹简记录下的"圣人"
没有死在暴君的刀下，而是自毁在历史的墨迹里
不愿乘人之危的宋襄公错失一个时代[③]
留下一个迂腐的笑话和人们并不尊重的道义

襄沙壅水的韩信成就一世功名④
可贵族的礼节从未让战争变得浪漫
这残酷的美学只向往血流山河后的功绩
也许历史，本就是一头风度翩翩的猛兽

注：

①此处暗指刘邦斩白蛇的典故，刘邦最终成功推翻了秦王朝，史称汉高祖。

②此处暗指萧何月下追韩信。

③《史记·宋襄公伐郑》载："十三年夏，宋伐郑。子鱼曰：'祸在此矣！'秋，楚伐宋以救郑，襄公将战。子鱼谏曰：'天之弃商久矣，不可。'冬十一月，襄公与楚成王战于泓。楚人未济，目夷曰：'彼众我寡，及其未济击之。'公不听。已济，未陈，又曰：'可击。'公曰：'待其已陈。'陈成，宋人击之，宋师大败，襄公伤股，国人皆怨公。公曰：'君子不困人于厄，不鼓不成列。'子鱼曰：'兵以胜为功，何常言与？必如公言，即奴事之尔，又何战为？'"

④《史记·淮阴侯列传》载："信使人决壅囊，水大至。龙且军大半不得渡，即急击，杀龙且。龙且水东军散走，齐王广亡去。信遂追北至城阳，皆虏楚卒。"

6

在文明尚不能战胜野蛮的时代里

帝王们都去读《资治通鉴》了

那些可有可无的国力早已交给天命

昏庸的君主领着清澈与浑浊掺杂的朝堂

对外作战只是霸业兼虚荣的继续

那些未被兵家的兵法勾勒清晰的部分

那些未被战场展现淋漓尽致的血腥

在权术的斗争中被一一弥补

这是每个兵家最不愿提及的伤心处

朝堂远比战场更危险

行军的要领不仅在天气与地形

还要识得朝堂上变幻莫测的风云

用河流的上游去控制下游

处于上游的朝堂也在控制着下游的兵士

有多少将在外君命有所不受得到了善终？

有多少下游的水能不与上游的污水同流？

借用高处俯视低处

被权术玩弄的人并不一定胆寒

但时事强过人

能够留给历史的，唯有一曲曲悲歌

用阳光抚慰阴暗，用"生地"寻找生机

这不是讨要吉利的彩头，而是军士的住行便利

用丰富的植被包围盐碱地和泥泞

避开潮湿的苦涩，不让士气陷入沼泽

用可依靠的高地对抗开阔的平原

这高地可以是一座山，也可以是无形的民心

黄帝征服天下的秘诀也不过如此

7

必须冷静！每一场胜利都值得赞颂

赞颂是带着蜜和毒的仪式

谁知道那些歌颂的词汇是真心祝愿

还是裹挟着阴谋？

每一次赞颂都是对双眼的遮蔽

脚下的土地从未因赞美而动摇其属性

寸草不生的盐碱地不会因赞美而绽放生机

深不可测的沼泽不会因权力而变成绿洲

当然，死去的将士更不会因赞美而复生

一切胜利，都不是下一场战斗的理由

谁不渴望胜利呢？谁又能时刻警惕这行军的大忌？

那些历经战事，一次次死里逃生的人

与其说他们感受到了神灵的指引

不如说是遵循了兵法和人欲的本能

闭城不出的司马懿并非胆怯

也并非惧怕疆场上血腥的杀戮

十丈城墙外，辱骂的秽语并非怒火

而是蜀军无法逃避的焦虑

卧龙的智慧又能怎样？
再大的东风也不能吹活一个将死的王朝
穿上女人的衣服依然能笑出声来
只是看见了不战而胜的结局

8

摇摇晃晃的树影里藏着端倪
越是安静的山谷草丛，越与危险接近
自然的静怡给人以恐惧和不安
平日里让人安心的事物，成为惶恐的帮凶
总有一些不祥的预兆
鸟兽在寂静的黑暗处逃窜
行走在密林中的部队尚不知大难将至
没有考虑这场出征的正义与否
只将自己的迷宫摆在这里让路人抉择
如果飞扬的尘土也是自然的语言
那么，那些千军万马走过的声音便是它不吐不快的郁结
谁是以少胜多的将军？谁是万人唾骂的恶人？
自然听不懂人类之间的诡计
无论是闪电战还是将计就计的妥协
自然只会按自然法则运行
自然只对懂它的人，诉说一切！①

注：

　　① 《孙子兵法·行军篇》载："众树动者，来也；众草多障者，疑也；鸟起者，伏也；兽骇者，覆也；尘高而锐者，车来也；卑而广者，徒来也；散而条达者，樵采也；少而往来者，营军也。"

　　山东省广饶县孙武祠院内的汉白玉石
孙武雕像，由青岛工艺美术学院的谭国信
教授根据现存的明代孙武画像创意制作，
整个像高 3.2 米。孙武手持兵书、腰挎
宝剑、锐目远眺，俨然一位运筹帷幄的
将军正在指挥千军万马鏖战沙场。

地形第十

料敌制胜，计险厄远近，上将之道也。

　　　　　　　　——《孙子兵法·地形篇》

[时间轴]

《史记·吴太伯世家》载："七年，吴王夫差闻齐景公死而大臣争宠，新君弱，乃兴师北伐齐。子胥谏曰：'越王句践食不重味，衣不重采，吊死问疾，且欲有所用其众。此人不死，必为吴患。今越在腹心疾而王不先，而务齐，不亦谬乎！'吴王不听，遂北伐齐，败齐师于艾陵。"

吴王夫差七年（公元前489年），夫差趁齐景公新丧伐齐，伍子胥劝谏夫差警惕越国，未被重视。吴军在艾陵大败齐军。

[诗外音]

在遥远的西欧

历史首先记住了费里皮德斯

那个长跑四十二公里送达捷报的年轻人

其次才记住了马拉松战役

记住了雅典一万胜十万的经典案例

而在沉重的东方

齐国的贵族们再次内乱

潦倒的孔圣人困于陈蔡之间

卧薪尝胆的勾践回到了越国

骄傲的吴国四处征战

历史，再次进入纷乱的时代……

[孙武的心声]

不知齐国的宗亲们现在怎样

是否能避过这场祸端？

我是吴国的臣子流着齐人的血

看着吴国的军队讨伐故里家园

越来越膨胀的吴国已失掉了方寸和道义

我的兵法，并非屠戮的凶器

放回了勾践，也等于放虎归山

我能为天下苍生做的，已越来越少

1

地形，左右着每个国家的命运

所以老人们常说，一方水土养一方人

海浪给他的子民们注入浪漫的基因

看见了湛蓝色的世界

喝到了饱含苦味的海水

山地里挣扎的人，从未向命运屈服过

像山路一样崎岖的生活

并将那些坚硬的磕磕绊绊认作常态

而地形也左右着军队的命运

就像高低左右着水流的方向

兵家给地形起了六个名字

通、挂、支、隘、险、远

有人说，这都是不太浪漫的名字

可是，面对生死之间的大事

有谁能真正放下，又有谁能坦荡地抒情？

2

那处于天下正中心的地方，叫中原

有最肥沃的土地和安逸的生活

文明教会了他们礼仪和规则

却也同样教会了他们某种傲慢与自得

那个"蛮夷"的称呼已经多年不出现了

那曾是对中原周边部族的蔑称

中原，作为文明与战乱的代名词

它是历史演员们争夺主角的道具

但它所注定的命运，让它从不垂青任何诸侯

人们传唱的文书也多为中原而写

但每个因它而被铭记的王朝，也将埋葬在它的怀里

不过萌芽中的文明并未如想象中强大

尚在襁褓中的火药仍抵不过长弓与快马

文明总是脆弱的，禁不起掠夺和破坏

历史一再证明

被地形考验的不仅仅是每一场战争

3

人们常说，穷山恶水出刁民

可一旦到了乱世，穷山却出更多的豪杰

兵法并不是野蛮的产物

但它也同样不能赋予文明傲慢的本钱

文绉绉的富人理解不了穷人的粗犷

挥汗如雨的临淄城不懂寸草不生的戈壁

在最初级的文明里，人们总是带着一种鄙夷

可文明的弱点谁又知晓呢？

多年后，被人们讥笑的秦地

滋养出了一统天下的气脉

自以为安逸的文明败给他们眼中的"野蛮"

左右大国命运的"地理"①

曾被视为崎岖的山路成了天险

那些被视为荒芜的草原，成了骏马的乐园

坚硬的岩石长不出粮食却蕴含着铁矿

"得中原者得天下"——

人们前仆后继地相信着，王朝在这轮回中灭亡着

注：

　　①该句引用迟广赟、朱鸣先生的文章题目"左右大国命运的'地理'"。

4

最难的，不是去铺排那些可见的山涧沟壑
而是打理好将士们内心此起彼伏的高地山峦
最难的不是去跨越那些大山大河
而是不计生死的信任与托付
那撇弃一切、视死如归的力量
从来不是用金钱就能买到的
在士为知己者死的年代里
情感远比金钱可靠

历经劫难，从未改变古人们对秩序的尊重
视卒如爱子，故可与之俱死
在"聪明"的现代人眼里，似乎是"愚昧"——
有人自作聪明，将画饼引为一技之长
有些以"忽悠"见长的职业经理
画倒一个又一个企业，更像纸上谈兵的将军
还有口是心非的官员、口蜜腹剑的谏客、拍马溜须的文人
……

5

自然创造了人，人便有了自主的人性
造物主也并未亏待万物，万物都有自己的灵性
只是它们不以人类的方式去表达——

其实，此起彼伏的山峦和丘陵具有人的性格

每个地形都为过路的人设定了规则

那个叫"通"的地形，总是热情好客

它从不难为任何国籍的军队

正义或邪恶的概念并不存在于它的认知中

它只是默默聆听着每个过路的故事

那个叫"挂"的地形，总是青睐有准备的人

不是任何道路都可以成为退路

有去无回也并非危言耸听

狭路相逢，需要智勇兼备

更需要悍然出手不给敌人防范的果决

那个叫"支"的地形，最讨厌争斗

它设置重重阻碍，挡住双方的兵戈

胜利的天平从不倾向任何一方

它不屑于权衡，不给予任何人分量

它只是公平地拒绝战争

输在这里的人总是先禁不起诱惑的人

那个叫"隘"的地形，只认同一位客人

先抵达的人，被赠予天然的城墙

占据了天险也就占据了先机

先机并不是稳操胜券

放松警惕的守备，仍会给敌人可乘之机

而那个叫"险"的地形，总是居高临下

仿佛变成了巨人，让对手拿它没有办法

最后的一个地形叫"远"，它最是孤独，也最温和

在那里，都是长途跋涉过的军队

险地从不怜悯任何生灵

战争，只是徒增他们的伤亡[1]

注：

　　[1]《孙子兵法·地形篇》记载："孙子曰：'地形有通者，有挂者，有支者，有隘者，有险者，有远者。我可以往，彼可以来，曰通；通形者，先居高阳，利粮道，以战则利。可以往，难以返，曰挂；挂形者，敌无备，出而胜之；敌若有备，出而不胜，难以返，不利。我出而不利，彼出而不利，曰支；支形者，敌虽利我，我无出也；引而去之，令敌半出而击之，利。隘形者，我先居之，必盈之以待敌；若敌先居之，盈而勿从，不盈而从之。险形者，我先居之，必居高阳以待敌；若敌先居之，引而去之，勿从也。远形者，势均，难以挑战，战而不利。凡此六者，地之道也；将之至任，不可不察也。'"

6

错落的江山俯瞰人间金戈铁马

崩乱离析的人群，并非源于天灾

一将的过失，血染数千赤子的身躯

君王一怒，掩盖了多少百姓啜泣

他们说，江山如画

可寂静的岁月，将多少壮士无声地杀死

不是不知道天地浩大

不是看不到星象的变化

可面对狂风吹乱的沧海桑田

无路可退的兵家，怎会甘心认输？

九伐中原，怎不知"将不能料敌，以少合众，以弱击强"

看起伏跌宕的蜀道，如荡气回肠的怒吼

"我计不成，乃天命也！"①

宁做后人眼中痴癫的笑柄

也不愿拱手交出背后凋零的国家！

注：

①此处借用《三国演义》中的情节，蜀国投降后，姜维怂恿钟会反叛魏国，试图光复蜀国，但最终失败被杀。

7

恩威并重的驭人之术

被后人不断朝拜和演绎

直至进化成"打一棒子给一颗枣"的把戏

人们深谙此道

习惯将其用于各行各业的诡计

有人从中获利，有人迷失其中

唯有大地保持沉默

那些地形便是它们各自坚持的性格

没有什么可以撼动它们

它们早已将选择交给过路的人

走、弛、陷、崩、乱、北

其实都是借天灾之名演绎出的人祸

世上没有太多以少胜多的奇迹

刻意地以卵击石只能是愚蠢

懦弱的将帅会害死强悍的士卒

正如那拥有神兵利器却没有勇气挥舞的人

缜密的谋略需要精锐的士卒去实现

巧妇难为无米之炊，悍将难用老弱之兵

如果将帅离心离德，那么

谁还能掌控这分崩离析的局面呢？

一将无能累死三军，混乱的布阵如何抗敌？

与其相信豪言壮语

不如相信日复一日的训练

滴水穿石非一日之功，精锐之师非一日可成！

8

有人说，春秋时代，是属于英雄的时代

谁又真的懂英雄之间的惺惺相惜

本该一起并肩创立功绩，看山河壮丽
但更多的，是看到了无奈的生死别离
这些在史书中被淋漓发挥的伤心事
被后人们杜撰成一个又一个传说
可山河从未将这些悲壮的画面当作风景
它在岁月流转中将它们的痕迹一点点消磨
所有将士们倒下的土地都被他们用脚步丈量过
留在青史里的功名，其实都是累累伤痛
那么多人拼尽了性命也许换不来竹简上的一行墨迹
对于活在当世的人
却是沸腾的热血和凄凉的缅怀

9

所谓爱兵如子，这亲昵的比喻
又能为他们即将面临的残酷增添多少温情？
如果可以不打仗，谁愿将自己的孩子送上战场？
如果可以没有战争，谁愿看见最后一封家书？
所谓的爱兵，是为了义无反顾地赴死
在崇尚以死相报的时代里
一些人善用一腔热血的心计
也有人，将爱兵之道认作前进的真理
那些胆敢抗命的将军并未成为逃兵
他们只求保全身后的国体与军队——

什么君君臣臣父父子子①

不是同吃同住地笼络人心，就成了好将领

也不是制造崇拜，令他们成为失去心智的傀儡

将军的仁义，是不让士兵枉死

尊重每一个活着的和死去的生命

让牺牲的人死得其所，不再有死后的牵挂

可是，仁义与爱，并未逃出乱世的桎梏

它们服从于某种制度，尽管闪耀着人性的光芒

注：

　　①《论语·颜渊》载："齐景公问政于孔子，孔子对曰：'君君臣臣，父父子子。'"

　　山东省广饶县"中国孙子文化园"
大门。孙子文化园占地1300亩，由兵圣
宫、兵器展示区、水上交战区、攻城演
绎区、速度体验区、儿童游乐区、冰缘
雪域区七个区域组成，多角度展现了兵
家文化。

九地第十一

投之亡地然后存，陷之死地然后生。夫众陷于害，然后能为胜败。

——《孙子兵法·九地篇》

[时间轴]

《史记·吴太伯世家》载:"九年,为驺伐鲁,至与鲁盟乃去。"

《左传·哀公八年》载:"吴为邾故,将伐鲁,问于叔孙辄。叔孙辄对曰:'鲁有名而无情,伐之,必得志焉。'退而告公山不狃。公山不狃曰:'非礼也。君子违,不适仇国。未臣而有伐之,奔命焉,死之可也。所托也则隐。且夫人之行也,不以所恶废乡。今子以小恶而欲覆宗国,不亦难乎?若使子率,子必辞,王将使我。'子张疾之。王问于子泄,对曰:'鲁虽无与立,必有与毙;诸侯将救之,未可以得志焉。晋与齐、楚辅之,是四仇也。夫鲁、齐、晋之唇,唇亡齿寒,君所知也。不救何为?'"

公元前487年(吴王夫差九年),夫差为邾(与"驺"通用)国讨伐鲁国,吴军大败,后与鲁定盟,并衍生出"唇亡齿寒"的典故。次年,夫差再次伐齐。

[诗外音]

这一年的三月二十三日,火星临近,星象紊乱
繁星如雨点般陨落,大地为之颤抖
吴国再次成为战乱的主角
南征北讨中的霸主挥霍着最后的余热
华夏大地上遍地挥洒着哀歌
而远在西方的雅典正在上演喜剧
大酒神节上,基奥尼得斯成为第一位喜剧诗人

［孙武的心声］

吴国已不是我心目中的吴国

早知是如此好战的君主

我还不如继续隐居山林修正我的兵书！

留给我们的时日已经不多了

还是早些离开这朝堂吧！

1

抢占了战略上的高地

是否就能在这场战役中屹立不倒呢？

经得起敌军的冲击

是否也抵挡得住来自朝堂内部的混乱？

如果真的是这样

那么，胜利之地又在哪里？

为什么几千年的岁月里，都没人找到它？

翻阅那些刀兵相见的故事

仿佛一场风暴里的一粒粒砂石

叫不出名字的将领与狂士一闪而过

难道说，历史本身就是巨大的战场？

古人们从这里路过

而我们，也即将在这里成为过去

地形的起伏更像是规律的天平

失去补给的部队像是树下凋零飘落的叶子

一些奇兵擅长伪装成无根的浮萍

它们就地取材，不需要辎重和补给

可是，多少人的冒险最终陷入了绝境

多少绝境中的人在死地中奋战求生

多少人在死地生还，却没有活过自己人的屠刀

昔日略带沙哑的声音还在这里回荡

读史读到伤心处

莫过于无力回天、壮志难酬①

注：

①《明史·袁崇焕传》载："魏忠贤遗党王永光、高捷、袁弘勋、史褷輩谋兴大狱，为逆党报仇，见崇焕下吏，遂以擅主和议、专戮大帅二事为两人罪。捷首疏力攻，褷、弘勋继之，必欲并诛龙锡。法司坐崇焕谋叛，龙锡亦论死。三年八月，遂磔崇焕于市，兄弟妻子流三千里，籍其家。崇焕无子，家亦无余赀，天下冤之。"

2

当吴国的大军深入楚国境地时

怎能让吴王的梦想在此化成泡影？

错综变化的大势中，胜机只有一线

可就算抓得住这一线胜机，也不能扭转乾坤

虎狼怎么可能吞象，短暂的胜利已是天眷

抵达了郢都，战事也就结束了
大势的风向已经远离了吴国
但撤退的步伐终究是慢了！
但是，已经步入绝境了，还有什么顾虑呢？
哪怕失败都会带来好消息，不是吗？
前方的数十万秦楚联军
昨天还在寻找他们逃窜的国君
今天便成了咄咄逼人的利刃
后方是吴王叛变的弟弟
昨天还是并肩作战的同僚
今天便成了刀兵相见的仇敌
已经是死地中的死地，除了一战，别无选择
世人以为公婿之溪是一次大败
可谁又见吴军真正溃散过？
深陷绝境的孤军只能伤痕累累地腾挪
他们是吴国最后的希望
也是平定内乱唯一的筹码

3

沉没的船只与破碎的锅
焚烧的房屋与干涩的粮仓
一心赴死的将军和不后退的帅旗
一往无前的将士和封闭的路

用盟军的头颅祭奠最疯狂的战略①

愚士卒之耳目，相信死地会变成生地

相信决心的力量大过敌将的威名

许多看似鲁莽的行动创造诸多奇迹②

退回到假设的条件下，进攻或防守各有各的道理

可历史从不相信假设，假设只是后人聊以自慰的谈资

勇气的绽放只遵从天命

谁又能想到，那场义无反顾的赴死之战

只是乌江上霸王自刎的悲剧注脚

注：

①在破釜沉舟的战役发生之前，项羽为了统一军队调度曾斩杀宋义。《史记·项羽本纪》载："天寒大雨，士卒冻饥。项羽曰：'将戮力而攻秦，久留不行。今岁饥民贫，士卒食芋菽，军无见粮，乃饮酒高会，不引兵渡河因赵食，与赵并力攻秦，乃曰：'承其敝。'夫以秦之强，攻新造之赵，其势必举赵。赵举而秦强，何敝之承！且国兵新破，王坐不安席，埽境内而专属于将军，国家安危，在此一举。今不恤士卒而徇其私，非社稷之臣！'项羽晨朝上将军宋义，即其帐中斩宋义头，出令军中曰：'宋义与齐谋反楚，楚王阴令羽诛之。'当是时，诸将皆慴服，莫敢枝梧，皆曰：'首立楚者，将军家也。今将军诛乱。'"

②《史记·项羽本纪》载："项羽乃悉引兵渡河，皆沉船，破釜甑，烧庐舍，持三日粮，以示士卒必死，无一还心。"

4

谁又真的见到过那条叫率然的蛇呢？①
还是先贤们早就知晓了首尾相连的道理
因为这连贯的动作而命名为率然？
那么，《神异经》里的西山之蛇是杜撰②
还是我们这些手握文明与科技的现代人
早已经与真正的上古断了联系？
与其求战，不如共赢
狭小的家国已注定称霸只是短暂的梦
对峙中的吴越两国有相近的习俗
却如水火般不能相容
如果能同舟共济，是否会打造一个强大的国度？
战争与和平从来都是大势的左右手
（可它终究是秩序运行的产物
秩序的内在运作有它独特的规律）
无道而好战的君主
不配拥有所向披靡的兵法
可是，又有多少君主能放下祖辈的芥蒂
破除双方的假象，将霸道扭转为统一的王道？
"争地以战，杀人盈野
争城以战，杀人盈城"
用剑者深知剑的锋利
善战者深知战争的荼毒

战车千辆不如百姓的沃野千里

甲士十万不如十年风调雨顺

君子藏剑于袖，只为防身，而非杀人

注：

① 《孙子兵法·九地篇》载："率然者，常山之蛇也。击其首则尾至，击其尾则首至，击其中则首尾俱至。"

② 《神异经》载："西方山中有蛇，头尾差大，有色五彩。人物触之者，中头则尾至，中尾则头至，中腰则头尾并至，名曰率然。"

5

我的兵法是可以斩断一切的利器

相比那些削铁如泥的宝剑

我的利器可以直斩人心

杀敌不如杀势

毁灭肉身不如滋生内心的绝望

无论齐国人、吴国人、楚国人还是晋国人

天下仍然是那个天下

不过是从周王朝分离出的一家人罢了

我不能为昏庸的君王效力

我不能为暴戾的君主出谋

　　2500 年前的乐安故城，是孙书及其子孙的聚居地。图为山东省广饶县"中国孙子文化园"内的乐安园，古色古香，是古乐安城的一个精美缩影。

火攻第十二

亡国不可以复存，死者不可以复生。故明君慎之，良将警之，此安国全军之道也。

——《孙子兵法·火攻篇》

[时间轴]

《史记·吴太伯世家》载："齐鲍氏弑齐悼公。吴王闻之，哭于军门外三日，乃从海上攻齐。齐人败吴，吴王乃引兵归。""十年，因伐齐而归。十一年，复北伐齐。"

吴王夫差九年（公元前486年），夫差趁齐悼公新丧再次进攻，被齐人击败。

[诗外音]

骑青牛的老子抵达了函谷关

战国时代的大门正被缓缓打开

京杭大运河的第一凿在这一年开启

释迦牟尼在跋提河边进入了涅槃

骄横的吴国继续北伐

开凿了吴水，却并非为了民生

复仇的勾践一忍再忍

东西两岸的文明，如遍地散开的野花！

[孙武的心声]

这些年来，不好的预感愈发强烈

我可以安心修订我的兵法

却不能无视朝堂上的奸佞横行

霸主的称号名不符实

远在后方的越国

正枕戈待旦！

1

谈及火攻

仿佛触碰到一头最恐怖的凶兽

多少功名在火中诞生，焚尽累累白骨

多少王朝又在火中葬送

只留下斑驳的青史和简书

这历史上一茬又一茬的王朝

多像荒原上烧不尽的野草

焦灼疮痍的大地总会萌生新的文明

而谁又见证了火所迎来的毁灭与重生

乌巢大火熔炼出北方霸主①

火烧赤壁奠定三国鼎立

夷陵大火烧毁了蜀国根基

火攻，也许只是天道临幸的仪式

参与战争的人，也许只是祭品或侍从

谁又能改变历史车轮的方向呢？

就连最擅长火攻的诸葛亮

也未能在上方谷大火里挽救蜀国②

历史的巧合总是凌驾谋略之上——

成事在天，谋事在人

注：

    ①此处指官渡之战，曹操因焚烧了袁绍在乌巢的粮草而取得决胜的机会。

    ②上方谷大火及前文中提到的火烧赤壁、夷陵大火都是发生在东汉末年三国时期著名战役中的事件。

2

人类因火而有了文明

有了对抗黑夜恐惧的武器

那些从火光中奔腾而来的千军万马

高楼寰宇以及此起彼伏的庙堂

也许真的只是刹那间一闪而过的梦幻

火焰加快了决胜的速度

也为杀戮增添了全新的势能

为了借助古人眼中天道的力量

人们开始从星宿中询问风的去向①

并为火攻的发起寻找"良辰吉时"

只有沉没在长江底下的铁索和船橹知道

赤壁的大火有没有借过东风

只有坚守在即墨城的七千残兵知道

被火牛踏平的燕军是齐国复苏的宿命②

但火焰的文明一发不可收拾

公元668年的一天，天气未被历史铭记

不知名的星宿落在一个叙利亚工匠的身上

加利尼科斯在君士坦丁堡的皇宫里制造希腊火

这位来自赫里奥波利斯城、痴迷炼金术的建筑匠人

在小亚细亚发现那黑色而黏稠的油脂

逃离战乱的人最恨战争，背井离乡的人最希望和平

这天赐的黑色油脂便是希腊火的源头

可是何时火焰只带来光明而非死亡[3]

注：

①《孙子兵法·火攻篇》载："发火有时，起火有日。时者，天之燥也；日者，月在箕、壁、翼、轸也。凡此四宿者，风起之日也。"

②此处指火牛阵。《史记·田单列传》载："田单乃收城中得千余牛，为绛缯衣，画以五彩龙文，束兵刃于其角，而灌脂束苇于尾，烧其端。凿城数十穴，夜纵牛，壮士五千人随其后。牛尾热，怒而奔燕军，燕军夜大惊。牛尾炬火光明炫耀，燕军视之皆龙文，所触尽死伤。五千人因衔枚击之，而城中鼓噪从之，老弱皆击铜器为声，声动天地。燕军大骇，败走。齐人遂夷杀其将骑劫。燕军扰乱奔走，齐人追亡逐北，所过城邑皆畔燕而归。"

③根据文献记载，希腊火多次为东罗马帝国的军事胜利做出贡献，一些学者和历史学家认为它是东罗马帝国能持续千年之久的原因之一。希腊火的配方现已失传，成分至今仍是一个谜。据当时受希腊火所伤的十字

军记述："每当敌人用希腊火展开攻击，我们所做的事只有屈膝下跪，祈求上天的拯救。"这句引文足以说明希腊火的威力。

3

肆意地破坏或屠戮

假借神灵力量的火攻

流血死去的，都是伏羲的后裔

攻城略地，是为了什么？

城池可以重建，牧民们的草原呢？

用岁月耕种的粮食禁不起接二连三的战役

不止一次说过好战必亡

那些隐忍的君王和将领啊——

"不要遮住我的阳光"

那个住在木桶里的人说

"我若不是亚历山大，我愿是第欧根尼！"①

做了二十二年的太子，却不急于暴露锋芒

在沉稳中重回帝位，将"文景之治"牢牢刻入青史②

注：

①第欧根尼是古希腊哲学家，犬儒学派代表人物。据说他住在一个木桶里，所拥有的所有财产包括这个木桶、一件斗篷、一支棍子、一个面包袋。有一次亚历山

大大帝访问他，问他需要什么，并保证会兑现他的愿望。第欧根尼回答道："我希望你闪到一边去，不要遮住我的阳光。"亚历山大大大帝后来说："我若不是亚历山大，我愿是第欧根尼。"

②《史记·太史公自序》载："诸侯骄恣，吴首为乱，京师行诛，七国伏辜，天下翕然，大安殷富。作孝景本纪第十一。"

4

喜好传说的后人们

试图在水火中寻找天助之力

用现代人眼中的自然现象审视战局

是的，水可以洗刷一切，却不能洗刷真相

火可以焚烧一切，却毁灭不了记忆

如果说水淹七军只是关羽的幸运

被自然的巧合造就了一世功名

那么，被雷风大雨助力的刘秀，

难道也是他计谋中的一部分？①

谁能解释那段分崩离析的历史？

回想屈原那首荡气回肠的《天问》

难道世上真有天选之人？

也许，从勾践活下来的那一刻②

就已经有人料到了吴国的未来

人们只记得战场上的首尾相击

却忘记了，除了厮杀的战场，庙堂

是另一个杀人不见血的地方

战场失利，不过是损伤国家元气

庙堂之乱，却让国家万劫不复

注：

　　①此处指光武帝刘秀与王莽大军的战争，相传天降陨石打垮了王莽大军。《后汉书·本纪·光武帝纪上》载："光武乃与敢死者三千人，从城西水上冲其中坚，寻、邑陈乱，乘锐崩之，遂杀王寻。城中亦鼓噪而出，中外合势，震呼动天地，莽兵大溃，走者相腾践，奔殪百余里间。会大雷风，屋瓦皆飞，雨下如注，滍川盛溢，虎豹皆股战，士卒争赴，溺死者以万数，水为不流。王邑、严尤、陈茂轻骑乘死人度水逃去。尽获其军实辎重、车甲珍宝，不可胜算，举之连月不尽，或燔烧其余。"

　　②伍子胥与孙武曾劝谏夫差杀掉勾践，但没有成功。

山东省广饶县"中国孙子文化园"内的汉白玉孙武雕像，高6米。作者为中国石雕艺术大师王向荣。

用间第十三

故三军之事，莫亲于间，赏莫厚于间，事莫密于间。

——《孙子兵法·用间篇》

[时间轴]

《史记·伍子胥列传》载:"吴太宰嚭既与子胥有隙,因谗曰:'子胥为人刚暴,少恩,猜贼,其怨望恐为深祸也。前日王欲伐齐,子胥以为不可,王卒伐之而有大功。子胥耻其计谋不用,乃反怨望。而今王又复伐齐,子胥专愎彊谏,沮毁用事,徒幸吴之败以自胜其计谋耳。今王自行,悉国中武力以伐齐,而子胥谏不用,因辍谢,详病不行。王不可不备,此起祸不难。且嚭使人微伺之,其使于齐也,乃属其子于齐之鲍氏。夫为人臣,内不得意,外倚诸侯,自以为先王之谋臣,今不见用,常鞅鞅怨望。愿王早图之。'吴王曰:'微子之言,吾亦疑之。'乃使使赐伍子胥属镂之剑,曰:'子以此死。'伍子胥仰天叹曰:'嗟乎!谗臣嚭为乱矣,王乃反诛我。我令若父霸。自若未立时,诸公子争立,我以死争之于先王,几不得立。若既得立,欲分吴国予我,我顾不敢望也。然今若听谀臣言以杀长者。'乃告其舍人曰:'必树吾墓上以梓,令可以为器;而抉吾眼县吴东门之上,以观越寇之入灭吴也。'乃自刭死。吴王闻之大怒,乃取子胥尸盛以鸱夷革,浮之江中。吴人怜之,为立祠于江上,因命曰胥山。"

吴王夫差十二年(公元前 484 年),夫差变得越来越骄横,在越国君臣的筹备和贿赂下,他听信了太宰伯嚭的谗言,赐死伍子胥。同年,孙武归隐。十一年后,越灭吴。

[诗外音]

东方的伍子胥死了

他被迫游走外国的一生终于结束了

西方的希罗多德出生了

而他也将和伍子胥一样

被迫远走他乡

[孙武的心声]

狡兔死，走狗烹

飞鸟尽，良弓藏

吴国再也没有我的知己

再也没有值得我效忠的君王

我已没有留在吴国的必要了！

1

（仿佛从天而降

敌军的每一步都克制着我们

如同早已钻入我们心中的硕鼠

莫非是通鬼神之力的人在协助他们？）

呵！相比于鬼神或天命的占卜

兵家，更相信奔波的快马与刺探

兴兵兴的首先是殷实的人口

而不是稀疏的人烟

粮草先行，行的先是充盈的国库

而不是饥民们根根可数的肋骨

出征千里的，哪里是什么精兵良将

而是整个国家的百姓

在农耕时代，远走他乡的男人们

既是国家的将士，也是家庭的脊梁

活在乱世里，哪里有什么天命不可违！

逐鹿的天子不断轮换着

上天何曾指定谁是主角？

逆天而行的人只能取得短暂的胜利

那些运筹帷幄的、改变历史的人

不过是审时度势的枭雄！

2

战争之前，我是认识越国的

而战争之后，我再也不认识越国

这个奇怪的国家，让我越来越感到陌生

可是，我也渐渐不认识我的吴国了

早在大军攻下楚国郢都的时候

我就对吴国感到迷茫

那个沉迷于享乐日渐自大的阖闾

真的是我曾经追随过的吴王吗？

难道吴王心目中的霸业，仅仅是对楚的一战吗？

可这世上，哪能一战就成为霸主？

此刻，一句吼声顺着天空从遥远的西方传来——

"人啊！认识你自己！"①

那尊贵的国君是否还认识自己的国家呢？

国家战略从来不是聪明的小把戏

只有认清了自己，才可因势利导

所有临时兴起的决定都动摇着国家的根基

鬼神的用度，不过是说给凡人们听的

英明过的君主为何又变得如此堕落？

见证过从衰到盛的继承者，为何蒙蔽了自省的眼睛？

看到了吗？

那让我伤心累累的吴国！

多少臣子殚精竭虑忙着医治疲惫的吴国

多少将士日夜巡逻防止越人生乱

却不知，内奸就在吴王的身边

这个最大的祸患如肿瘤般深深扎进了吴国的大脑

伯嚭啊！伯嚭——

金银怎可买到一个国家的命运

金银又怎能如此轻易地买到士子之心？

骄奢的王与谄媚的臣

就算没有占卜的征兆

越灭吴也已经是预言的定局了

注：

　　①这句话是刻在古希腊德尔菲神庙门楣上的一句神谕，古希腊哲学家苏格拉底常借用这句话来教育他的学生。

3

人们期待未卜先知
寄托于传说与占卜
仿佛这样就能从虚无的鬼神那里获得启示
可是，世上哪有什么先知先觉？
哪有所谓的千里眼和顺风耳？
那些星象或征兆不过是现实的推演
胸有成竹的排兵布阵不过是对情报的推敲
敢于以寡击众，凭借的不仅仅是精兵悍将
也不是打造几把宝剑利器，欢呼几次必胜的口号
而是比粮草还要先行的谍报
敌军的兵马粮草甚至将帅秉性早已了如指掌
所谓的交战，不过是为胜利走一次形式

4

谁能忍受这样的侮辱呢？
没有死在敌人的兵刃下

却被反间的流言被迫推向断头的铡刀

面对谣言的力量，再多名将也是枉然

战场上的伤口还未愈合

来自后方的不是医药而是致命的毒

人们常说，伴君如伴虎

（可谁又是老虎的獠牙？

高高在上的老虎喜欢相信假象——

譬如獠牙已不是獠牙，而是猎人埋伏的匕首

自断獠牙的老虎，便成了一只病虎）

赢了战争，却输了性命

击败李牧的并非秦国大军

而是被买通的郭开的诽谤①

那号称"落雕都督"的斛律光箭无虚发

他没有死在北周大军的剑下

却死在了被添油加醋的儿歌里②

"问君能有几多愁"的后主李煜是否有过忏悔？

林仁肇没有在战场上马革裹尸

而是死于后主指使的杀手③

事实上，比反间计更恶毒的，是自己人的心

他们不屑于反间计的推动

权力之争足以毁掉社稷

（二战时的德国在西伯利亚一往无前

除了精良的军备和间谍网络

更大的助力，来自苏联内部

一场清洗杀死六十名军长④）

呜呼！世上有何种兵法可以挽救一个内斗的国呢？

注：

①《史记·廉颇蔺相如列传》载："赵王迁七年，秦使王翦攻赵，赵使李牧、司马尚御之。秦多与赵王宠臣郭开金，为反间，言李牧、司马尚欲反。赵王乃使赵葱及齐将颜聚代李牧。李牧不受命，赵使人微捕得李牧，斩之。"

②《兵部·卷二十三》载："高齐斛律光，字明月，为当时名将。后周将韦孝宽守玉壁，忌光英勇。孝宽参军曲严颇知卜筮，谓孝宽曰：'来年，齐朝必大相杀戮。'孝宽因令严作谣言，令间谍漏其文于邺，曰：'百升飞上天，明月照长安。'百升，斛也。又曰：'高山不推自崩，槲树不扶自竖。'祖珽因续之曰：'盲老公上下斧，饶舌老母不得语。'令小儿歌之于路。穆提婆闻之，以告其母陆令萱。萱以饶舌斥己也，盲老公谓祖珽也。遂相与协谋，令以谣言启后主，诛光。"

③《十国春秋·林仁肇传》："时南楚国公从善质于汴，引从善观之，曰：'仁肇行且降，先持此为信耳。'又指空馆曰：'将以此赐仁肇。'后主闻之，不知其行间也，潜使人鸩仁肇，翼日卒。"

④斯大林时期，苏联曾进行大规模政治清洗，大量高级军官死于这次清洗。

5

将士们经历的烽火连绵的日子
其实是一些人精心编织的网
发愤图强的国君有时像一个抠门的土财主
精打细算着每一分国力
外界的任何风吹草动，都要起来看上一看
天空太大了！乱世也太大了！
谁能真正地完全掌控所有风向呢？
雨天只眷顾那些学会了遮风避雨的人
　（我仍然记得吴王问我伐楚时的情景
他的眼神里有着万兽之王般的光芒
那是一个国君对成就霸业的渴望
这曾让我确信，离开齐国后，我找对了地方）
可战事远远不止这么简单
在逐鹿的群雄中，吴国只是个小国
大国的奢华与享受不是小国国君可以想象的——
一切看天命吧，毕竟，除了属于上天的那部分
其他的我们都已经知晓了——
将领秉性、人马数量、百姓风俗……
是的，战争更像是一种仪式
入局的人沉迷其中，给被迫卷入的人带来灾难
可谁又知道，当胜者们欢呼过后
等待他们的是长久的和平，还是浩劫？

6

伊尹算是君子吗？姜子牙算是君子吗？

这些极具智慧的古人们，真的是君子吗？

纵观历史，多少君子败给了小人？

堂堂正正地感化一个人难

阴谋诡计掀起一阵风浪，反而容易

这世上，最危险的莫过于猜忌

树欲静而风不止，朝堂上的祸患谁能猜到呢？

你是谁并不重要，重要的是他们认为你是谁

如果只是普通人，它破裂的只是一段感情

如果它来自君王，那么它将毁灭一个家族的性命

忍不住喊一声伍兄！为你的冤情而心痛

明明蒙受那么大的痛苦

后人却还为鞭尸而不断诟病——

杀死一个伍奢还不够，还要杀死他的两个儿子

一个伍尚去赴死，可贪心的费无极并不肯收手

"楚国君臣且苦兵矣！"是伍奢大人最后的遗言

可朝堂之外仍有义士信奉着道义——

用七星龙渊自刎的渔夫，投水而死的浣纱姑娘

放弃万担悬赏，只为昭示自身的高洁

扁鹊的弟子东皋公既治人病，也挽救人的冤情

请来高义的好友皇甫讷，共演一场天大的调包计

他们也是活在"天下攘攘，皆为利往"中的世人

却选择用性命去保护心中认可的栋梁①

注：

　　①此处分别指的是"一夜白头""七星龙渊"与"千金报恩"三个典故，都与协助伍子胥逃出楚国有关。其中"一夜白头"是指扁鹊的弟子东皋公请好友皇甫讷假扮一夜愁白了头发的伍子胥，使伍子胥逃离楚国的故事。"千金报恩"和"七星龙渊"则指浣纱姑娘与渔夫为了证明自己在金钱面前对义的坚守，不惜以身殉道证明自己的清白。

7

看过了那么多悲剧故事，才明白
所谓的间谍，只不过是国家病痛的外因
真正的内疾却从未有人注意
譬如昏庸的朝堂，不明事理的君王
走过齐景公墓地的遗址，我懂了孙武
在齐国，谁又能改变齐景公的骄奢呢？
再多个晏子也顶不上一个奋发图强的君主啊！
在坟墓里埋下一座百乘之国的战力
也早早地埋掉了姜氏齐国的运数
我想，孙武早就看透了这一点
在那些连史官们都羞于写出细节的史书里

所谓的间谍，不过是一个又一个托词
他早就料到，自己的宗族将是未来齐国的主人
忠也好，运也罢，这都不是孙武想要的
追随田氏或追随姜氏都是背叛，也都是忠诚
司马穰苴的死，一定深深刺痛了他
无谓的争斗会让更多人枉死
不义的战争会让一个国家更快地灭亡
齐国，已容不下孙武

8

间谍也是诡道的一种
吞噬了十万战车的疆场不及一座混乱的庙堂
因间，内间，反间，死间，生间
收买的与被收买的人都成了武器
血流到战场之外
究竟是胜败决定了国运，还是国运决定了胜败？
一个国家的力量并不在它闪耀的刀尖上
它最强大的力量，竟躲藏在老者弯曲的拐杖里
妇人们烹饪的炊烟里，以及挥汗如雨的汗滴里！

2013年9月24日，由孙中山和平教育基金会主席、孙中山先生孙女孙穗芳博士捐赠的孙中山铜像落成揭幕仪式，在山东省广饶县"中国孙子文化园"举行。

尾声

为忧玩色堕军实，
故假陈兵去二姬。
却恨此机深莫悟，
后人不谏受西施。

——[宋] 汪韶《孙武》

[时间轴]

《越绝书·记吴·地传》载："巫门外大冢，吴王客齐孙武冢也，去县十里。"

《唐太宗李卫公问对》载："若张良、范蠡、孙武，脱然高引，不知所往。"

《汉书·刑法志》载："孙、吴、商、白之徒，皆身诛戮于前，而功灭亡于后。"

《曲品校录·能品》载："孙子十三篇，兴吴，吴几霸矣。功成身隐，盖不欲为胥江之怒涛耳。"

至此，历史的轨迹已愈发模糊。关于孙武的结局，作为后人的我们更希望他可以颐养天年。孙武仙逝的确切年份已不可考证，此处遵从大多数学者的认知，暂将孙武辞世的年份定为公元前 470 年。

[诗外音]

时间定格在了公元前 470 年

谁又能确切地揣测一个人的生死呢？

中国的第一位兵圣与世长辞

留给后人的谜团，至今，没有确切的答案

在君士坦丁堡，百米高的宙斯神像暂时幸免于难

却没有躲过八年后的大火

那时，西西里的悲剧还没有名字

直到埃斯库罗斯将其命名为"埃特纳女子"

那被迫逃亡到小亚细亚的雅典将军

名叫特米斯托克利，他曾在萨拉米打败波斯的舰队
却不知道，自己将在十年后了结自己的性命
在遥远东方的卫国，正上演着王位斗争与工商业奴隶起义
这一切，仿佛正在土层深处冬眠的种子

[孙武的心声]
想起了穰苴叔父写在《司马法》中的话
"国虽大，好战必亡；天下虽安，忘战必危"
可我更愿意看到，永远都没有战争的那一天！
更希望我们的兵法，只是后人眼里深睡的化石

我想，孙武也一定后悔过
南征北讨，未能构造一个太平的国度
留给历史的，只有他没落的背影
公元前的夕阳，是否照耀过湖上泛舟的孙武？
兵家不是神
每个善战者，都渴望着天下太平
以战止战，战争只是强国的一种手段
而如今，疮痍的大地如他布满了血丝的眼睛
君王追求霸业早已超脱了理智
战争已沦为欲望的工具，吴国仍在沉溺
沉溺在昔日破楚灭越的幻想里——

痴人说梦罢了！谁又能逃过历史的苛责

那些欲哭无泪的仇恨被碾成尘埃

天理大过人情，人情却生于人怨

为宗族复仇的伍员最终也没有得到善终

远离故地的孙武留下十三篇《兵法》就够了

任它在之后的日子里飘荡吧！

谁能知道这春秋乱世会终结在谁的手里？

留下它，等待哪位有缘的国君

希望它重见天日的时候，已是天下太平——

武生三子，驰、明、敌

他们躲过了史书笔墨的追踪

逃开了竹简卷书的牢笼

但家族的光辉已融入历史的血脉

不出百年，齐国又出了一位孙姓的兵圣

第五代孙的命运同样坎坷

没有了行走的双足，却看清了更广阔的疆域

在孙武离世的第一百个年头

田氏代齐的卜辞终于应验

齐景公在牛山的哭诉终成泡影①

孺子牛未能扛起挥霍殆尽的江山②

经历了几代人的悲剧

姜氏齐国折戟沉入时间长河的深处

又过了五百年，后人孙权建立了吴国③

重复了同样的国号，却没能逃过同样的命运

兴盛一时的江山与霸业，未能持续百年④

转眼又过千年之久，面对内忧外患的华夏
孙氏后人再次登上历史的舞台——
以轰轰烈烈的辛亥革命，扭转了中国历史的航道！⑤

千年的成败谁又能够评说呢？
这一切，都被记录历史的竹简见证着
夜深人静的时候，那些被载于史册的文字
会不会发出一阵阵苍凉的哭声？

注：

　　①《晏子春秋·谏上》载："景公游于牛山，北临其国城而流涕曰：'若何滂滂去此而死乎？'"

　　②孺子牛，是指齐景公过分宠爱自己的小儿子晏孺子，甚至不惜给儿子当牛骑的故事。《左传·哀公六年》载："女忘君之为孺子牛而折其齿乎？而背之也！"后来晏孺子继承王位，却被把持朝政的田氏控制。后来齐国几代君主被谋杀，田氏最终把持了齐国的政权。

　　③⑤经考证，史学家们认为，《天子自序》（我国迄今为止发现的最早关于孙氏家世的文献）记载的史料印证了孙武、孙匡、孙中山乃一脉相承的直系关系，孙中山是孙权胞弟孙匡的后裔。

　　④东吴是三国时期历史最久的国家，历四帝，共59年（222—280）。孙武经历阖闾与夫差两代国君，两代国君的统治时间共计65年（前537—前473）。